DOMPTER LE VAURIEN

ROMANCE HISTORIQUE BWWM

SAGE DEARLY

CHAPITRE-1

*L*e bar était un trou, un endroit où le désespoir et la sueur s'accrochaient aux murs et où chaque regard était une menace ou une affaire en attente. Pour une femme comme elle, c'était un bon endroit pour disparaître.

Elle n'était pas là pour le plaisir, cependant, et elle se déplaçait dans la foule avec détermination, ses yeux balayant les visages, à la recherche de tout ce qui pourrait l'aider à passer la nuit.

Un rapide vol de bourse, un bout de nourriture, tout ce qu'elle pourrait trouver. Et cette nuit-là, son regard s'est posé sur quelque chose de bien plus tentant.

L'homme assis dans le coin avait un air élégant. Il n'avait pas sa place ici, pas avec cette veste sur mesure, ni la façon dont ses doigts jouaient paresseusement avec un verre de bourbon coûteux.

Ses hommes de main étaient assis tout près, des

hommes aux épaules larges et au regard froid qui semblaient prêts à trancher une gorge aussi facilement qu'à serrer une main. Mais ce n'était pas eux qui retenaient son attention.

C'était lui.

Il l'observait, bien qu'il essayât de paraître désinvolte. Ses yeux, d'un bleu perçant qui traversait la pièce enfumée, avaient suivi ses mouvements depuis qu'elle était entrée. Ce n'était pas la première fois qu'on la dévisageait dans cet endroit.

Les hommes la regardaient tout le temps, la plupart d'entre eux espérant quelque chose qu'ils n'obtiendraient pas. Il y avait quelque chose de différent chez celui-ci, principalement parce que son regard n'était pas empli de luxure ou de faim. C'était plus de la curiosité qu'autre chose, comme s'il essayait de la déchiffrer.

Elle l'a ressenti immédiatement, cette étincelle de danger. Les hommes comme lui n'étaient pas sûrs parce qu'ils n'avaient pas besoin de voler ou d'escroquer pour obtenir ce qu'ils voulaient ; ils pouvaient le prendre.

Quelque chose dans sa froide assurance l'attirait et elle ignora la chaleur qui montait de son cou et se détourna, feignant de ne pas remarquer. Il n'était qu'un homme riche de plus, simplement un autre imbécile.

Malgré tous ses efforts, son esprit revenait sans cesse à lui. Son silence la dérangeait. Il n'avait fait aucun mouvement, n'avait pas dit un mot à qui que ce soit depuis son arrivée, et c'était étrange.

Les hommes comme lui donnaient généralement des ordres, jetaient de l'argent à tout va et s'attendaient à ce que le monde obéisse. Il attendait. Quoi, elle ne pouvait le dire.

Secouant cette sensation, elle se concentra sur sa tâche. Elle se glissa entre les tables avec l'aisance de quelqu'un qui avait passé toute sa vie à éviter les ennuis. Un rapide larcin ici, un glissement de main là, et elle avait déjà subtilisé quelques pièces à un ivrogne évanoui près du bar.

Ses yeux revinrent vers l'homme dans le coin. La façon dont il la regardait, c'était presque comme s'il savait ce qu'elle faisait. Elle serra la mâchoire, sentant une pointe d'irritation. Qu'il regarde. Qu'il pense ce qu'il veut. Il n'était toujours qu'une cible.

Elle patienta, se rapprochant à chaque passage, ses doigts la démangeant pour ce portefeuille qu'elle voyait dépasser de son manteau. Il n'en avait pas besoin, pas comme elle.

Un homme comme lui n'avait probablement jamais manqué un repas de sa vie. Elle, en revanche, n'avait pas mangé plus que des miettes depuis des jours.

Alors qu'elle s'approchait de lui à nouveau, son cœur battait la chamade dans sa poitrine, le martèlement devenant presque assourdissant, et avec un courage nouveau, elle frôla délibérément un peu plus près de lui cette fois.

Elle pouvait sentir le cuir riche de sa veste, le léger parfum de quelque chose de coûteux qui s'accrochait à lui. Ses doigts se crispèrent sur le côté, attendant le moment parfait.

Au moment où elle tendait la main pour saisir son

portefeuille, un instant de doute la fit hésiter. Il n'avait pas bougé d'un pouce, mais ses yeux rencontrèrent les siens, comme s'il avait attendu ce moment précis. Il y avait un défi dans son regard, la mettant au défi d'aller jusqu'au bout.

Sa gorge se serra, mais elle refusa de reculer. Elle n'était pas une lâche, et elle n'allait certainement pas se laisser effrayer par un homme élégant.

D'un mouvement rapide, sa main glissa à l'intérieur de son manteau, mais avant qu'elle ne puisse saisir le portefeuille, sa main puissante se referma sur son poignet.

La pièce sembla s'immobiliser tandis que sa prise se resserrait, pas assez pour la blesser, mais suffisamment pour lui faire comprendre qu'elle n'irait nulle part. Son cœur s'emballa, et pour la première fois depuis longtemps, elle ressentit une lueur de peur.

— Tu as été occupée ce soir, dit-il, sa voix basse et douce, comme s'ils étaient les deux seules personnes dans la pièce. Il n'avait pas l'air en colère. Amusé, peut-être. Intrigué.

Elle tira sur sa main, essayant de se libérer, mais sa prise ne céda pas.

— Lâche-moi, cracha-t-elle, sa voix tranchante, rauque. J'ai rien pris.

— Non, dit-il calmement, ses yeux toujours fixés sur les siens. Pas encore.

— Tu pensais pouvoir me voler comme ça, hein ? continua-t-il, et même si sa voix n'était pas élevée, elle était empreinte de puissance. D'autorité.

4

Son cœur battait contre ses côtes, mais elle le masqua par de la défiance, tirant son bras en arrière.

— Tu vaux pas c'que tu crois, cracha-t-elle, tirant fort.

Elle n'avait pas peur, elle ne pouvait pas se le permettre, mais son pouls martelait dans ses oreilles. Stupide. Elle avait été stupide de penser qu'elle pouvait le surpasser.

Les hommes de main l'encerclaient maintenant, les yeux sombres d'intention. L'un d'eux fit craquer ses articulations, s'approchant trop près.

— On devrait peut-être lui apprendre les bonnes manières.

Un nœud dur se forma dans son ventre. Elle savait comment ça se passait. Ce n'était pas la première fois qu'elle était coincée. Elle se prépara, le corps tendu, mais l'homme riche leva une main, et, comme ça, ils s'arrêtèrent.

Il se leva lentement, ses yeux froids, la scrutant comme si elle n'était rien de plus qu'un animal pris au piège.

— Comment t'appelles-tu ?

Ses lèvres se tordirent en un rictus méprisant. — J'en ai pas.

Il pencha la tête, amusé. — Tout le monde a un nom.

— J'ai dit que j'en avais pas, aboya-t-elle, la voix rauque, marquée par des années de survie. Elle ne lui donnerait rien, absolument rien.

L'homme fit un pas lent vers elle, son regard la clouant sur place. L'espace qui les séparait était chargé d'une atmosphère électrisante et mal à l'aise. — Tu es soit courageuse, soit stupide.

— Peut-être les deux. Elle soutint son regard, un éclair de défi dansant dans ses yeux comme une flamme sauvage. Elle ne le laisserait pas voir la peur qui lui remontait l'échine.

Le sbire de tout à l'heure grogna doucement : — Laissez-moi m'occuper d'elle, patron.

Pendant un instant, elle crut qu'il allait accepter. Elle pouvait sentir la menace qui planait lourdement entre eux, la promesse de violence qui couvait juste sous la surface. Sa bouche s'assécha, son cœur s'emballa. Elle se tint droite et refusa de se recroqueviller.

Au lieu de donner l'ordre, les lèvres de l'homme s'étirèrent en un lent sourire amer. — Non. Ses yeux revinrent sur elle. — Elle paiera son erreur d'une autre manière. Il fit signe à ses hommes. — Emmenez-la au domaine.

Son estomac se noua. Le domaine ? Qu'est-ce qu'il voulait dire par là ? Elle lutta contre l'envie de s'enfuir, mais elle savait qu'ils la rattraperaient en quelques secondes si elle essayait. Elle jura intérieurement. Bon sang. Pourquoi avait-elle fait une erreur aussi stupide ?

Ils l'attrapèrent, sans ménagement, la traînant dans la nuit. Elle avait la certitude d'être passée d'un type de piège à un autre.

CHAPITRE-2

L'air glacial de la nuit la frappa comme une gifle lorsqu'ils la traînèrent hors du bar. Ses pieds trébuchaient sur le sol inégal, mais les hommes qui la tenaient s'en moquaient.

Leurs prises étaient serrées, inflexibles, et elle pouvait sentir les ecchymoses se former sous leurs doigts. Elle se maudit de s'être fait prendre, de l'avoir laissé entrer dans sa tête.

Elle jeta un coup d'œil, juste une seconde, et le vit marcher devant eux, ses pas lents, sans hâte. Il ne semblait pas le moins du monde dérangé par ce qui se passait.

Comme si c'était une routine pour lui, de traîner des femmes hors des bars et vers l'inconnu. La peur qui rampait le long de sa colonne vertébrale depuis qu'il lui avait saisi le poignet était maintenant une pulsation constante au creux de son estomac.

Ils atteignirent sa voiture, une chose élégante et

sombre qui semblait déplacée dans cette rue crasseuse. Un homme de main ouvrit brusquement la porte, la poussant en avant. Elle se tordit, essayant de se dégager, mais c'était inutile.

— Entre, ordonna-t-il, d'une voix plate.

Elle serra les dents en réponse et envisagea de s'enfuir en courant, mais où pourrait-elle aller ? Ils la traqueraient avant même qu'elle n'atteigne la limite de la ville. Ravalant sa fierté, elle le fusilla du regard. — C'est quoi, ça ? Tu prends ton pied en emmenant des filles comme moi dans ta belle baraque ? J'vais pas jouer le jeu.

Il soutint son regard, impassible face à ses paroles. — Tu feras ce que je dis, ou tu n'aimeras pas l'alternative.

La façon dont il le dit, calme, avec cette autorité glaçante, lui glaça le sang. Elle serra les poings, tout son corps rigide de défi. Sans autre choix, elle monta dans la voiture. Elle s'était déjà retrouvée acculée auparavant, mais jamais comme ça.

À l'intérieur, c'était silencieux, et ce calme lui faisait hérisser la peau. Il était assis en face d'elle, les yeux toujours fixés sur elle comme s'il l'étudiait, comme si elle était une sorte de puzzle. Elle détestait ça, et elle le détestait.

Sous cette haine, cependant, il y avait autre chose, quelque chose qui lui faisait ressentir une chaleur au plus profond d'elle-même. Cela la faisait se sentir petite et vulnérable dans l'immensité de cette voiture, en présence de cet homme qui avait tout le pouvoir, alors qu'elle n'en avait aucun.

— Tu es silencieuse, dit-il après un moment. Sa voix était douce, pas moqueuse, mais elle pouvait y entendre l'amusement.

— Tu t'attends à ce que je dise quoi ? lança-t-elle, en croisant les bras. Tu crois que je vais te remercier de m'avoir traînée hors de là ?

Ses lèvres s'incurvèrent dans le plus petit des sourires. — Non. Je n'attends pas de gratitude.

— Tant mieux, répliqua-t-elle, bien que la colère dans sa voix masquât le tremblement dans sa poitrine. Elle n'était pas habituée à se sentir aussi impuissante, aussi piégée. Chaque partie d'elle-même criait de se battre, de se frayer un chemin à coups de griffes, mais elle était en infériorité numérique, surpassée. Pour l'instant.

La route à l'extérieur se fondait dans la nuit tandis que la voiture cahotait sur le sol inégal, les éloignant du bar et les entraînant plus profondément dans son monde.

Elle n'aimait pas le silence, n'appréciait pas d'être laissée avec rien d'autre que ses pensées et le poids lourd de son regard.

— Alors, c'est quoi le plan ? demanda-t-elle finalement, sa voix chargée de sarcasme. Tu vas me garder comme une sorte de prisonnière ? Ou c'est là que tu me jettes dans un de ces donjons de luxe dont j'ai entendu parler chez les riches ?

— Je n'ai pas de donjon, répondit-il, son ton si calme que c'en était exaspérant.

— Alors qu'est-ce que tu veux de moi ? Sa voix s'éleva avec la question, vive et désespérée. Elle se fichait qu'il entende la peur maintenant. Elle se déversait hors d'elle en morceaux irréguliers, et elle ne pouvait pas l'arrêter.

Il ne répondit pas tout de suite. Au lieu de cela, il se pencha en arrière, les yeux ne la quittant jamais. — Tu as essayé de prendre ce qui m'appartenait, dit-il, chaque mot lent, délibéré. Et maintenant, tu vas me rembourser.

— Te rembourser ? Elle laissa échapper un rire amer. — J'ai rien. Tu le sais, et puis, j'ai rien volé.

— Tu vas travailler pour rembourser, dit-il simplement. Comme ma domestique.

Sa bouche s'ouvrit, et pendant un moment, tous les mots dans sa tête s'emmêlèrent dans un mélange d'incrédulité et de rage. — Ta domestique ? répéta-t-elle, incrédule. Tu crois que je vais frotter tes sols, te servir des verres comme si j'étais une servante ?

— C'est exactement ce que tu vas faire. Il inclina légèrement la tête, les yeux se rétrécissant juste assez pour montrer que sa patience s'amenuisait. — À moins que tu ne préfères un sort différent.

Elle ouvrit la bouche pour lancer une autre insulte, mais la façon dont il la regardait, la menace silencieuse dans ses yeux, la fit la refermer tout aussi vite. Ce n'était pas un jeu. Il ne bluffait pas.

— T'as pas le droit, marmonna-t-elle, bien que sa voix ait perdu un peu de son feu.

— J'ai tous les droits, dit-il. Tu m'as pris quelque chose. Maintenant, tu me dois.

Elle voulait lui cracher dessus, lui dire où il pouvait se mettre ses menaces, mais la vérité s'imposait. Il l'avait et il n'y avait rien qu'elle puisse faire à ce sujet.

Pour le monde, ses opinions et ses désirs étaient ignorés, ne lui laissant aucun mot à dire. Le fait qu'elle ait la peau noire signifiait qu'elle était considérée comme sans pouvoir, lui permettant d'avoir un contrôle total sur elle. Bon sang, s'il avait appelé la police, elle serait dans une situation bien pire.

La voiture s'arrêta, et quand la porte s'ouvrit, elle sentit à nouveau le froid de l'air nocturne la frapper.

La propriété se dressait devant elle, sombre, étendue et étrangère. Ce n'était pas un endroit pour quelqu'un comme elle. Elle n'appartenait pas là, mais elle y était, et qu'elle le veuille ou non, elle devrait jouer son jeu.

CHAPITRE-3

L'atmosphère dans la propriété était accablante et étouffante.

Elle avait pensé que le trajet en calèche était le pire, mais entrer dans sa maison était comme pénétrer dans un monde qui n'était pas fait pour elle.

Les murs étaient trop immaculés, l'air trop immobile, comme s'il retenait son souffle, attendant qu'elle casse quelque chose.

Ses pas résonnaient dans le grand hall comme pour annoncer à quel point elle était déplacée. Mais elle ne laisserait pas cela la déranger, pas devant lui.

Il marchait devant, sans se donner la peine de regarder en arrière, faisant confiance à ses sbires pour la maintenir dans le rang. Elle suivait derrière, ses poignets encore endoloris par leur emprise, mais son esprit était loin d'être brisé. Elle n'allait pas jouer la petite servante obéissante, peu importe le nombre de menaces qu'il lui lancerait.

Ils s'arrêtèrent devant une grande porte en bois. Sans un mot, l'un de ses hommes l'ouvrit, révélant une pièce faiblement éclairée avec un lit étroit, une cuvette et peu d'autres choses. Les quartiers d'une domestique, qui allaient devenir sa nouvelle prison.

— C'est ici que tu vas rester, dit-il, se retournant enfin pour lui faire face. Son expression était indéchiffrable, comme s'il se moquait qu'elle hurle ou qu'elle se rende.

Elle croisa les bras, relevant le menton avec défi.

— C'est mieux que la rue, marmonna-t-elle, bien qu'il y ait de l'amertume dans son ton. Elle ne le remercierait pas pour ça. Il l'avait simplement tirée d'un enfer pour la jeter dans un autre.

— C'est propre, dit-il simplement. Tu commenceras le travail à l'aube.

Elle ricana.

— Et qu'est-ce que tu crois que je vais faire ici ? Épousseter tes étagères fancy ? Laver tes draps en soie ?

Elle cracha ces mots comme s'ils étaient du poison.

— J'ai jamais nettoyé pour personne de ma vie, et je vais sûrement pas commencer maintenant.

Son regard se durcit, et pour la première fois depuis leur rencontre, une lueur sombre traversa son visage.

— Tu apprendras, siffla-t-il, sa voix basse mais ferme. Tu n'as pas le choix.

Sa mâchoire se crispa, et elle lutta contre l'envie de répliquer. Chaque muscle de son corps lui criait de se battre, de se déchaîner, de détruire cette illusion de contrôle qu'il avait sur elle. Il y avait aussi une petite partie d'elle, une partie qu'elle détestait, qui savait qu'il avait raison. Elle n'avait pas d'autres options.

Au lieu de répondre, elle lui tourna le dos et entra dans la pièce d'un pas furieux, claquant la porte derrière elle. Elle s'appuya contre celle-ci, laissant échapper un souffle tremblant, son cœur battant dans sa poitrine. Elle ne le laisserait pas la voir craquer.

En entrant dans la petite pièce, elle ferma la porte avec un soupir, s'appuyant contre le bois, l'esprit lourd de pensées.

La vie n'avait pas été tendre. Née sur une plantation, elle avait été un fantôme dans le monde, échappant à la capture et se faufilant dans les failles de la société depuis qu'elle s'était échappée des chaînes étouffantes de la servitude.

Elle avait survécu grâce à son esprit et son cran, refusant de plier devant la volonté de quiconque. Elle avait appris à faire les poches, à se sortir du danger par le charme, et même à se glisser inaperçue dans des maisons de mauvaise réputation, faisant tout ce qu'il fallait pour garder une longueur d'avance sur la loi ou quiconque pourrait chercher à la réclamer.

En grandissant et son corps mûrissant, ses courbes étaient devenues un autre outil, un outil dangereux. Sa silhouette autrefois dégingandée s'était épanouie en hanches voluptueuses, seins pleins et cuisses qui atti- raient le regard de chaque homme qu'elle croisait. Il n'avait pas fallu longtemps avant que les hommes ne commencent à la regarder d'une manière qu'elle n'ap- préciait pas.

Des mains non désirées l'avaient effleurée plus d'une fois, et leur affection, masquée en désir, était quelque chose qu'elle avait appris à fuir avec une aisance pratiquée.

Malgré les regards lubriques et les offres murmurées, elle était restée intacte, pure, non par innocence mais par pure volonté. Elle avait perfectionné l'art de la séduction, de faire croire à un homme qu'elle pourrait offrir plus, sans rien donner du tout.

Sa peau d'ébène brillait à la lueur des bougies, et elle s'aperçut dans le miroir poussiéreux accroché au mur du fond. Les yeux bruns, expressifs et sages au-delà de leurs années, renfermaient des secrets et des histoires que personne ne connaissait.

Avec leur apparence pleine et invitante, ses lèvres avaient le pouvoir d'attirer de nombreux hommes, qui finissaient par rester insatisfaits.

Ses courbes, ces mêmes hanches qui lui avaient valu une attention tant désirée qu'indésirable, semblaient à la fois une bénédiction et une malédiction, quelque chose qui la protégeait tout en la rendant vulnérable.

Ce qui la distinguait était sa remarquable capacité à trouver un équilibre délicat entre persévérer contre toute attente et savoir quand lâcher prise.

Elle était arrivée jusque-là sans se perdre. Avec ce riche homme qui surveillait ses moindres mouvements dans cet horrible endroit, elle était déterminée à ne pas faiblir. Le processus de son endormissement s'éternisa car il s'immisçait constamment dans ses rêves.

Le soleil s'était à peine levé quand elle fut réveillée par un coup bruyant à la porte. Elle l'ignora d'abord, tirant la fine couverture sur sa tête, mais le coup revint, plus insistant cette fois.

— Debout, vint une voix rauque de l'autre côté de la porte. Ordres du maître.

Elle leva les yeux au ciel, sa colère bouillonnant juste sous la surface.

— Ordres du maître, marmonna-t-elle pour elle-même, jetant la couverture de côté et balançant ses jambes hors du lit. Elle ne lui faciliterait pas la tâche.

La porte grinça en s'ouvrant, et une servante, une femme au visage sévère et brusque, se tenait là, tenant une robe grise et simple.

— Mettez ça, dit la femme sans une once d'émotion. On vous attend en bas dans dix minutes.

Elle arracha la robe de ses mains, la tenant comme si c'était quelque chose de répugnant.

— Je vais pas porter ça, dit-elle, sa voix tranchante.

— Tu le feras, ou tu auras affaire à lui.

Les yeux de la femme se posèrent sur son visage, froids et sans sympathie.

— Il n'aime pas qu'on le fasse attendre.

La porte se referma avant qu'elle ne puisse protester, la laissant seule avec la robe entre les mains.

Ses doigts se crispèrent sur le tissu rugueux, sa poitrine brûlant de frustration. Elle avait envie de la déchirer en lambeaux, de la jeter par la fenêtre et de hurler face à l'absurdité de tout cela. Au lieu de ça, elle serra les dents et passa la robe par-dessus sa tête.

Elle s'observa dans le petit miroir fissuré près du lavabo. La femme qui lui rendait son regard n'était pas la même que celle qui était entrée d'un pas assuré dans le bar la veille. Celle-ci semblait... plus petite.

Piégée, mais ses yeux brûlaient toujours de ce feu, de cette défiance. Elle n'était pas vaincue. Pas encore.

Lorsqu'elle entra dans la salle à manger, il était déjà

là, assis en bout de table. Il ne leva pas les yeux à son approche, coupant nonchalamment dans une assiette de nourriture qui semblait bien trop raffinée pour quelqu'un comme elle.

Son silence était assourdissant, et pendant un instant, elle fut tentée de jeter l'assiette contre le mur, juste pour obtenir une réaction de sa part.

Au lieu de cela, elle marcha jusqu'à l'autre bout de la pièce, ses pas délibérément bruyants sur le sol en marbre. Il leva enfin les yeux, la balayant du regard de cette manière exaspérante et calme, comme s'il la jaugeait.

— Tu es en retard, dit-il, sa voix tranchant le silence.

Elle croisa les bras, la mâchoire serrée.

— J'suis pas une bonne, répliqua-t-elle. Et j'ai certainement pas l'habitude de recevoir des ordres.

— Tu t'y habitueras.

Son ton était aussi lisse que le vin fin qu'il sirotait, et cela ne fit que l'énerver davantage.

— Tu crois que tu peux me dompter, c'est ça ? lança-t-elle, sa voix montant. Tu crois que juste parce que t'as de l'argent et du pouvoir, tu peux me faire faire c'que tu veux ?

Il ne répondit pas tout de suite, se contentant de la fixer avec ce même calme exaspérant. Puis il se pencha légèrement en avant, les yeux plissés.

— Tu es ici parce que tu n'as pas d'autre choix. Et que ça te plaise ou non, tu es sous mon toit maintenant. Tu apprendras ta place.

Son sang ne fit qu'un tour à ces mots, mais avant qu'elle ne puisse cracher une réplique, l'un des autres domestiques entra dans la pièce, coupant court à la tension entre eux.

Le moment était passé, mais le feu dans sa poitrine brûlait plus fort que jamais.

CHAPITRE-4

C'était dès le début de la journée que les ordres étaient donnés pour imposer le ton.

Où qu'elle se tourne, un domestique ou un membre du personnel lui aboyait un ordre, s'attendant à ce qu'elle obtempère comme tous les autres.

Le domaine était un labyrinthe de bois poli et de surfaces étincelantes, et ils voulaient qu'elle frotte, astique et polisse jusqu'à ce qu'elle puisse voir son reflet dans chaque centimètre carré de l'endroit. Elle n'était pas d'accord.

Ses mains lui faisaient mal à cause des poils durs du balai, le mouvement répétitif faisant brûler ses muscles. Elle balayait les couloirs comme on le lui avait ordonné, mais pas sans grogner dans sa barbe et s'assurer que son air renfrogné soit visible pour quiconque osait jeter un coup d'œil dans sa direction.

Ils ne la verraient pas craquer. Personne ne le verrait.

Elle s'arrêta un moment, essuyant son front du revers de la main et lançant un regard noir au sol impeccable. La maison était bien trop propre.

Elle n'était pas faite pour ça. Elle se sentait étouffer par les restrictions et le contrôle.

— Tu as raté un endroit.

Sa voix lui parvint de derrière, toujours aussi suave, et son dos se raidit en l'entendant. Elle ne se retourna pas. Ne le reconnut pas.

— J'ignorais que je devais être parfaite, marmonnat-t-elle, ses doigts se resserrant autour du manche du balai.

Bien qu'elle ne reçût pas de réponse immédiate de sa part, elle pouvait sentir son regard pénétrant fixé sur son dos, observant chacun de ses mouvements et attendant patiemment sa réaction.

Après quelques secondes interminables, il parla enfin, son ton plus doux qu'elle ne s'y attendait. — La perfection n'est pas requise. Mais l'obéissance, si.

Ces mots lui firent l'effet d'une piqûre sous la peau, faisant bouillir son sang. Elle se tourna pour lui faire face, le feu dans les yeux, le menton levé en signe de défi. — J'suis pas ta bonne. Tu m'possèdes pas.

Il haussa un sourcil, une lueur d'amusement jouant sur ses lèvres. — Non, mais tu es ici pour rembourser ta dette, tu te souviens ? C'est ici ou je te livre au shérif et tu feras ce qu'on te demande. Ou peut-être veux-tu ajouter à ce que tu me dois ?

Elle serra les dents, ses mains la démangeant de jeter le balai et de sortir en trombe de la maison. Mais où irait-elle ? Elle était piégée, et il le savait. Ce salaud le savait.

— Tu me fais pas peur, dit-elle d'une voix basse et dangereuse.

— Je n'ai pas besoin de te faire peur, répliqua-t-il en s'approchant, sa présence la dominant. J'ai juste besoin que tu fasses ton travail.

Son cœur battait la chamade dans sa poitrine tandis qu'il réduisait la distance entre eux. Elle détestait se sentir si petite à côté de lui, détestait que son calme et sa maîtrise ne fassent qu'accroître son envie de se rebeller. Elle voulait le mettre en colère, fissurer cet extérieur parfait et montrer qu'il n'avait pas le contrôle.

Mais au lieu de réagir, il se tenait simplement là, attendant qu'elle fasse le prochain mouvement.

Le soleil de midi filtrait à travers les fenêtres alors qu'elle se retrouvait dans la cuisine, épluchant des pommes de terre.

Ses doigts bougeaient automatiquement, la tâche répétitive engourdissant ses sens. Elle détestait ça, ce côté domestique. Ce n'était pas qui elle était. Elle n'était pas faite pour ce genre de vie.

Ses pensées furent interrompues quand la porte s'ouvrit, et il entra, ses pas mesurés. Elle ne prit pas la peine de lever les yeux, se concentrant plutôt sur le couteau dans sa main pendant qu'elle épluchait.

— Tu es toujours aussi rebelle, observa-t-il, sa voix tranchant le silence comme un couteau.

— Et t'es toujours un salaud, répliqua-t-elle du tac au tac.

Il s'approcha, s'appuyant contre le comptoir en face d'elle, ses yeux ne quittant jamais son visage. — Tu as la langue bien pendue pour quelqu'un qui n'est pas en position de parler librement.

Elle leva les yeux vers lui, son regard se rétrécissant. — J'suis en position de rien du tout. Tu crois que juste parce que t'es riche, tu peux plier les gens à ta volonté. J'ai déjà vu des types comme toi.

— Et pourtant, tu es toujours là, répondit-il, son ton presque conversationnel. Tu es toujours sous mon toit, à éplucher mes pommes de terre, que ça te plaise ou non.

Ses mains se resserrèrent autour du couteau, souhaitant pouvoir le planter dans son cou, la frustration bouillonnant en elle. — Tu sais rien de moi.

— J'en sais assez, murmura-t-il, ses yeux plongés dans les siens. Par exemple, je sais que tu es fière et que tu as passé ta vie à survivre. Je sais aussi que tu penses pouvoir me combattre, me résister, mais tu finiras par réaliser que ça ne sert à rien.

Elle abattit le couteau sur le comptoir, sa poitrine se soulevant de colère. — Tu crois que j'vais simplement me soumettre et t'obéir ? Comme si j'étais un chien ? Je préfère crever plutôt que d'laisser ça arriver.

Il la fixa pendant un long moment, quelque chose d'illisible brillant dans ses yeux. Puis, sans avertissement, il se redressa et fit un pas en arrière, son expression toujours exaspérément calme.

— Je ne veux pas te briser, dit-il, sa voix plus douce maintenant. Mais je le ferai si je le dois.

Son souffle se figea à ces mots, la menace silencieuse lui envoyant un frisson le long de la colonne vertébrale. Mais elle ne lui laisserait pas voir sa peur. Pas maintenant, et jamais.

— Tu peux essayer, dit-elle, sa voix plus assurée qu'elle ne se sentait. Mais tu le regretteras.

Un silence s'étira entre eux, chargé de tension. Aucun d'eux ne bougeait, tous deux trop obstinés pour céder. C'était comme une danse, une danse dangereuse et enivrante, où aucun ne voulait être le premier à détourner le regard.

Elle lui jeta un coup d'œil furtif, son souffle se bloquant malgré elle. Il se tenait au-dessus d'elle, imposant avec ses larges épaules, sa posture dominante mais pourtant décontractée.

Sa mâchoire ciselée, nette et forte, était ombragée par la plus légère trace de barbe, et ses yeux profondément enfoncés avaient une intensité qui la troublait autant qu'elle l'intriguait.

Il était beau, trop beau, pensa-t-elle amèrement. Un homme pour lequel les femmes se pâmeraient, même si elles le détestaient pour le pouvoir qu'il exerçait. Elle le détestait pour cela aussi.

Néanmoins, malgré tous ses efforts, elle ne pouvait nier l'attraction qu'il exerçait sur elle. Il y avait quelque chose dans sa façon de la regarder, quelque chose de primaire et de brut, qui accélérait son pouls.

Son corps la trahissait, s'échauffant sous son regard, et pour la première fois depuis longtemps, elle ressentait quelque chose qu'elle n'était pas sûre de pouvoir contrôler.

Elle voulait fuir et fuir loin, échapper à sa présence, à son pouvoir. La vérité, cependant, la rongeait. Elle ne voulait pas partir.

Il l'excitait d'une manière qu'aucun homme n'avait jamais fait auparavant, et cela la terrifiait jusqu'au plus profond d'elle-même. L'idée de s'abandonner, même pour un instant, l'effrayait plus que tout ce qu'elle avait jamais affronté.

La journée s'était traînée, chaque tâche plus dégradante que la précédente. Lorsque le soir tomba, elle était épuisée, son corps endolori par des heures de frottage, d'épluchage et de lavage.

Son esprit était encore vif, encore en ébullition à cause de l'affrontement de volontés qu'elle avait eu avec lui.

Elle n'arrivait pas à se défaire de la façon dont il l'avait regardée, de la manière dont ses mots s'étaient enroulés autour d'elle comme un nœud coulant. Il ne voulait pas la briser, mais elle n'en était pas si sûre.

Elle avait déjà vu des hommes comme lui, des hommes qui pensaient pouvoir tout contrôler et tout le monde autour d'eux. Elle avait passé sa vie à les éviter, et elle comptait bien faire de même.

Alors qu'elle était allongée sur le lit étroit de sa petite chambre, les yeux fixés au plafond et épuisée par les corvées, elle se surprit à penser à lui.

Elle pensait à ses yeux, à la façon dont ils avaient brûlé les siens avec une chaleur à laquelle elle ne s'attendait pas. Elle le détestait, détestait tout ce qu'il représentait, et être attirée par lui était exaspérant et lui donnait envie de hurler.

Au lieu de cela, elle ferma les yeux et laissa l'épuisement prendre le dessus, sachant que demain amènerait une autre bataille. Une autre journée de résistance, de lutte contre le contrôle qu'il voulait si désespérément avoir sur elle.

Et tandis qu'elle sombrait dans le sommeil, cette pensée résonnait dans son esprit : elle ne céderait pas. Quoi qu'il fasse, elle ne céderait jamais.

CHAPITRE-5

*L*e ciel à l'extérieur du domaine était sombre, chargé de nuages menaçants, comme si le temps reflétait l'orage qui couvait à l'intérieur de la maison.

Elle avait passé la journée dans une rébellion silencieuse, accomplissant ses tâches avec une lenteur délibérée, chacun de ses mouvements empreint de défi.

Chaque fois qu'elle passait devant lui, elle pouvait sentir son regard sur elle, observant, jugeant. Cela lui donnait la chair de poule et faisait bouillonner sa colère juste sous la surface.

Elle épluchait des carottes dans la cuisine lorsque la porte s'ouvrit brusquement et qu'il entra à grands pas, ses pas résonnant sur le sol de pierre. Elle ne leva pas les yeux, ses mains poursuivant leur travail méthodique, mais elle pouvait sentir l'air changer, chargé de tension.

— Je t'ai donné des instructions précises, dit-il d'une

voix basse et maîtrisée, brisant le silence. Trop maîtrisée, et elle ne répondit pas.

Il s'approcha, sa présence planant au-dessus d'elle alors qu'il parlait à nouveau.

— Tu aurais dû finir il y a des heures.

— Et je n'ai pas fini, dit-elle d'une voix plate, dissimulant à peine la colère qui brûlait dans sa poitrine. Je suppose que tu vas devoir faire avec.

Il y eut un moment de lourd silence, et elle pouvait sentir son regard peser sur elle, insistant, exigeant une réponse. Mais elle garda les yeux fixés sur la tâche devant elle, refusant de lui donner la satisfaction de croiser son regard.

Sans prévenir, sa main jaillit, saisissant son poignet et arrêtant ses mouvements. La brusquerie de sa prise la fit tressaillir, mais elle refusa de montrer le moindre signe de faiblesse. Ses yeux rencontrèrent enfin les siens, défiants et brûlants.

— Tu crois que tu peux continuer à me pousser à bout ? demanda-t-il, la voix tendue par une colère contenue. Tu crois que tu peux continuer à tester jusqu'où je te laisserai aller ?

Son pouls s'accéléra, mais elle ne reculait pas.

— Je ne suis pas ta propriété. Je ne suis la propriété de personne, siffla-t-elle d'une voix basse, pleine de venin. Tu crois que juste parce que t'es riche, tu possèdes tout ? Eh bien, tu ne me possèdes pas.

Il ne lâcha pas son poignet, sa prise ferme mais pas douloureuse, ses yeux rivés aux siens avec une intensité qui faisait battre son cœur pour des raisons qu'elle ne voulait pas admettre.

— Tu es sous mon toit, dit-il lentement, délibéré-ment. Et tu es liée par les termes sur lesquels nous nous sommes mis d'accord.

— D'accord ? railla-t-elle en arrachant sa main de son emprise. Je n'ai rien accepté du tout. Tu m'as forcée à faire ça.

Ses yeux s'assombrirent, et pour la première fois, elle vit le masque de calme qu'il portait glisser, révélant la frustration sous-jacente.

— Tu avais le choix et tu aurais pu faire face à ta punition là-bas. Tu serais morte à l'heure qu'il est.

— Plutôt morte que piégée ici avec toi, rétorqua-t-elle, la voix tremblante de colère. Tu crois que c'est mieux ? Je ne suis pas libre. Je suis toujours coincée sous ton joug.

Il fit un pas de plus, sa poitrine à peine à quelques centimètres de la sienne, et l'air entre eux sembla s'épaissir d'une tension non exprimée.

— C'est ce que tu penses ? demanda-t-il doucement, sa voix teintée de quelque chose qui lui envoya un frisson le long de la colonne vertébrale. Que je veux te contrôler ? Te posséder ?

Elle ne répondit pas, son cœur battant dans sa poitrine. L'espace entre eux semblait trop petit, trop chargé, et elle détestait que son corps réagisse à sa présence d'une manière qu'elle ne pouvait pas contrôler.

— Tu as peur, dit-il, sa voix plus douce maintenant,

presque un murmure. Tu ne veux pas l'admettre, mais tu as peur de ce que tu ressens.

Elle recula, mettant de la distance entre eux alors que sa respiration s'accélérait.

— Tu ne sais pas de quoi tu parles, marmonna-t-elle, mais même à ses propres oreilles, les mots sonnaient faibles, peu convaincants.

Il ne bougea pas, se contentant de rester là, à la regarder avec ces yeux perçants qui semblaient voir à travers elle.

— Je pense que si, murmura-t-il. Je pense que tu te bats parce que tu ne veux rien ressentir pour moi. Mais tu ressens quelque chose.

Elle secoua la tête, essayant de forcer les mots à sortir.

— Je te déteste.

— Tu détestes le fait de ne pas me détester.

Un silence épais et étouffant remplit l'espace tandis que ses paroles flottaient dans l'air. Elle voulait crier, jeter quelque chose, le faire taire. Au lieu de cela, elle resta là, figée, son cœur battant dans sa poitrine alors que ses mots s'enfonçaient en elle.

Il s'approcha à nouveau, sa voix basse et douce.

— Tu peux continuer à te battre, mais tôt ou tard, tu devras l'admettre. Cette... tension entre nous. Ce n'est pas que de la haine.

Elle pouvait sentir la chaleur de son corps, sa proximité rendant sa respiration difficile. Son pouls s'accéléra, et pendant un moment, elle ne put dire si c'était la colère ou quelque chose d'entièrement différent qui lui serrait la poitrine.

L'espace entre eux sembla se réduire encore plus, avec cette attraction indéniable qu'aucun d'eux ne voulait nommer.

— Tu as tort, murmura-t-elle, sa voix tremblante mais défiante. Je ne céderai pas.

— Tu as déjà cédé.

***

Des heures après leur confrontation, elle était allongée sur le lit étroit de sa chambre, les yeux fixés au plafond.

L'orage dehors avait finalement éclaté, la pluie tombant en lourdes nappes, le bruit du tonnerre grondant au loin. Mais l'orage en elle était loin d'être terminé.

Elle le détestait. Elle devait le haïr. Il n'y avait pas d'autre moyen de donner un sens aux émotions qui tourbillonnaient en elle, la colère, la frustration, l'excitation indéniable qu'elle ressentait chaque fois qu'il était près d'elle.

Ce n'était pas seulement de la haine, mais quelque chose d'autre et c'était quelque chose de dangereux.

Elle pouvait encore sentir la chaleur de son corps, l'intensité de son regard. Ses mots résonnaient dans son esprit, la narguant, la défiant d'admettre la vérité qu'elle n'était pas prête à affronter.

Il avait raison, et elle le détestait pour cela.

Avec un grognement frustré, elle se retourna, enfouissant son visage dans l'oreiller.

Elle ne céderait pas. Elle ne pouvait pas. Peu importe à quel point son corps la trahissait, peu importe à quel point son cœur s'emballait quand il était près, elle ne le laisserait pas gagner. Elle avait survécu à trop de choses pour laisser un homme comme lui la briser.

Au fond d'elle-même, elle reconnaissait que la bataille était déjà perdue, même si cette pensée lui traversait l'esprit. Elle avait déjà commencé à plonger dans le puits interdit, une action périlleuse et défendue.

Le domaine était calme et trempé par les suites de l'orage. Elle se leva tôt, avant que quiconque ne vienne la chercher, son corps encore endolori par la veille, son esprit un enchevêtrement d'émotions qu'elle ne voulait pas nommer.

Alors qu'elle descendait, elle fut accueillie par l'une des vieilles servantes, une autre femme austère, qui lui remit une nouvelle liste de tâches. Elle s'en moquait. La routine était presque la bienvenue, quelque chose sur quoi se concentrer qui n'était pas lui.

Cependant, alors qu'elle parcourait les différentes pièces de la maison, un sentiment persistant d'être sous surveillance continuait de la hanter.

Sa présence était partout, même quand il n'était pas dans la pièce. Et lorsque leurs chemins se croisèrent dans le couloir, leurs regards se verrouillèrent un instant, la tension toujours palpable entre eux.

Aucun d'eux ne parla, mais le silence était plus assourdissant que n'importe quelle dispute qu'ils auraient pu avoir. La bataille entre eux n'était pas terminée, loin de là.

CHAPITRE-6

*L*a grande salle à manger était baignée par la lumière du soleil matinal qui filtrait à travers les fenêtres.

Elle marchait sur la pointe des pieds le long des murs de la pièce, époussetant les beaux meubles et redressant les rideaux déjà impeccables, son esprit ressassant encore la confrontation d'avant.

Elle n'avait pas bien dormi car chaque fois qu'elle fermait les yeux, sa voix résonnait dans son esprit, sa présence persistant dans l'espace exigu de sa chambre.

La façon dont il l'avait regardée, la manière dont ses mots avaient percé ses défenses, l'avait déstabilisée. Cela lui avait fait ressentir des choses qu'elle ne voulait pas éprouver.

Il avait dit qu'elle avait peur, et bon sang, il avait raison. Elle n'avait pas peur de lui, cependant. Non, c'était quelque chose de bien plus dangereux qui la terrifiait.

Des pas résonnèrent dans le couloir, et son cœur fit un bond dans sa poitrine. Elle n'avait pas besoin de lever les yeux pour savoir qui c'était. Sa personnalité emplissait la pièce comme une force qu'elle ne pouvait ignorer.

Elle garda le dos tourné, se concentrant sur le chiffon dans sa main tandis qu'elle essuyait le bord de la table. Si seulement elle pouvait rester concentrée, faire comme s'il n'était pas là...

— Tu es en avance aujourd'hui, dit-il d'une voix basse et suave qui brisa le silence. Il l'avait remarqué.

Elle ne répondit pas, ses mouvements devenant plus délibérés alors qu'elle frottait le même endroit sur la table encore et encore.

— Je suppose que tu es toujours en colère, continua-t-il en s'approchant, sa voix prenant un ton moqueur. Hier soir... c'est devenu un peu intense, n'est-ce pas ?

Sa main s'arrêta en plein mouvement, son pouls s'accélérant. Bien sûr qu'il allait en parler. Elle avait espéré qu'ils pourraient faire comme si rien ne s'était passé, qu'elle pourrait enfouir les sentiments qui avaient fait surface dans ce moment d'intimité. Mais il ne la laisserait pas s'en tirer aussi facilement.

— Je ne sais pas de quoi tu parles, marmonna-t-elle en lui tournant le dos et en passant au meuble suivant.

— Ah bon ? Il la suivit à travers la pièce, sa présence toujours aussi inévitable. Alors, on va juste faire comme si rien ne s'était passé ?

Elle se raidit, serrant le chiffon plus fort. — Y s'est

rien passé, dit-elle entre ses dents. Tu inventes des choses.

— Je ne crois pas. Sa voix était plus proche maintenant, ses pas résonnant alors qu'il s'approchait d'elle. Je pense que tu as peur de l'admettre.

Elle fit volte-face, les yeux brillants de colère. — Admettre quoi ? lança-t-elle, sa voix plus forte qu'elle ne l'avait voulu. Que tu penses pouvoir me posséder parce que je suis coincée ici à travailler pour toi ? Que tu penses pouvoir dire ce que tu veux et que je suis censée juste... quoi, tomber à tes pieds ?

Son expression s'assombrit, mais il y avait aussi quelque chose d'autre dans ses yeux qui faisait battre son cœur comme un tambour. — Je ne m'attends pas à ce que tu tombes à mes pieds, dit-il, sa voix plus calme maintenant, plus sérieuse. Mais tu ne peux pas nier qu'il y a quelque chose entre nous.

Elle ouvrit la bouche pour argumenter, pour lui renvoyer ses mots à la figure, mais les mots moururent sur sa langue. Parce qu'il avait raison, et au fond d'elle-même, elle le savait.

Elle avait senti l'attraction entre eux depuis cette première nuit, et peu importe à quel point elle essayait de lutter, c'était de plus en plus difficile à ignorer.

Elle secoua la tête, faisant un pas en arrière. — Je ressens rien pour toi.

— Alors pourquoi trembles-tu ? Sa voix n'était plus qu'un murmure maintenant, et il fit un autre pas vers elle, réduisant la distance entre eux.

Elle jura intérieurement, détestant la façon dont

son corps la trahissait. Ses mains tremblaient le long de son corps, et elle pouvait sentir sa chaleur si proche, sa présence envahissant ses sens.

— Tu as peur, répéta-t-il, sa voix douce mais insistante. Tu ne veux rien ressentir pour moi. Mais c'est le cas.

Elle secoua à nouveau la tête, la gorge serrée. — Tu me connais pas.

— Je commence à te connaître, dit-il, les yeux rivés aux siens. Et je pense que tu commences à me connaître aussi.

Son cœur battait si fort qu'elle était sûre qu'il pouvait l'entendre. La façon dont ses mots s'insinuaient sous sa peau, lui faisant ressentir des choses qu'elle ne voulait pas éprouver, était quelque chose qu'elle détestait vraiment.

Elle voulait s'enfuir, s'éloigner de lui autant que possible, mais ses pieds refusaient de bouger et elle était clouée sur place, piégée par l'intensité de son regard.

— Je te l'ai dit, dit-elle, la voix tremblante, je t'appartiens pas.

— Non, murmura-t-il en tendant la main pour écarter doucement une mèche de cheveux de son visage. Tu ne m'appartiens pas. Mais ça ne veut pas dire que tu ne ressens rien pour moi.

Le simple contact de ses doigts sur sa peau envoya une décharge électrique dans tout son corps. Elle recula brusquement, le souffle coupé. — Arrête ça.

Il leva les mains en signe de reddition, mais le

regard dans ses yeux lui disait qu'il n'abandonnait pas.

— Je ne te forcerai pas, souffla-t-il. Mais tu ne peux pas continuer à te mentir à toi-même.

Plus tard, elle était assise près de la fenêtre dans sa petite chambre, regardant les champs qui s'étendaient au-delà du domaine. Le soleil se couchait, et c'était magnifique, mais elle le remarquait à peine.

Son esprit tournait encore à toute vitesse, ses mots de plus tôt se rejouant dans sa tête encore et encore. Elle détestait qu'il ait vu clair en elle, qu'il sache exactement ce qu'elle ressentait même quand elle ne voulait pas l'admettre.

Elle ne voulait pas tenir à lui. Il n'était qu'un autre homme riche, utilisant son pouvoir et ses privilèges pour tout contrôler autour de lui.

Elle s'était battue toute sa vie contre des hommes comme lui, des hommes qui pensaient pouvoir la posséder, qui croyaient pouvoir briser son esprit.

Elle savait d'une certaine manière qu'il était différent, et c'était ce qui l'effrayait le plus.

Submergée par la frustration, elle poussa un profond soupir et cacha instinctivement son visage dans ses mains. Elle ne pouvait pas laisser cela arriver, ne pouvait pas se permettre de ressentir quoi que ce soit pour lui.

Si elle le faisait, elle perdrait tout ce pour quoi elle s'était battue si durement, sa liberté, son indépendance, son sens de soi.

Était-il déjà trop tard ?

Le lendemain matin, elle se réveilla avec un sentiment de peur. Elle savait qu'elle ne pouvait pas l'éviter
éternellement, et une partie d'elle ne le voulait même
pas, mais la crainte de ce qui pourrait arriver si elle
baissait sa garde l'empêchait de le chercher.

Pendant qu'elle travaillait dans la propriété, elle
gardait ses distances, l'évitant chaque fois qu'elle le
pouvait. Ce n'était qu'une question de temps avant que
leurs chemins ne se croisent à nouveau, même si l'endroit était gigantesque.

Cela se produisit dans la bibliothèque, de tous les
endroits possibles. Elle était en train d'épousseter les
étagères quand il entra, ses yeux la trouvant immédiatement. Cette fois, il n'y avait pas de colère, juste un
danger non exprimé.

Il ne dit pas un mot en s'approchant d'elle, son
regard ne quittant jamais le sien. Elle resta figée jusqu'à
ce qu'il se tienne juste devant elle, leurs corps à peine
séparés de quelques centimètres.

Pendant un long moment, aucun d'eux ne parla. Le
silence était épais, chargé de l'ampleur de tout ce qu'ils

ne disaient pas. Et puis, sans avertissement, il tendit la main et prit la sienne, ses doigts chauds et doux contre les siens.

Elle retint brusquement son souffle, son corps tremblant à ce contact inattendu. Elle voulait s'éloigner, continuer à se battre, mais quelque chose dans son toucher l'en empêcha.

— Je ne veux plus me battre, dit-il, sa voix à peine plus qu'un murmure. Et toi ?

CHAPITRE-7

Cela faisait des jours depuis leur confrontation silencieuse dans la bibliothèque, mais elle ne pouvait s'empêcher d'y penser.

La façon dont il avait touché sa main si doucement, comme s'il avait peur de la briser. Et les mots qu'il avait prononcés, doux et hésitants, s'étaient profondément ancrés dans son esprit.

— Je ne veux plus me battre. Et toi ?

Sa question résonnait dans ses pensées alors qu'elle se déplaçait dans la maison, s'occupant de ses tâches.

Elle ne lui avait pas répondu à ce moment-là. Elle avait simplement retiré sa main, le cœur battant, et fui la pièce comme une lâche.

Elle détestait être si confuse, si déchirée entre ce qu'elle voulait et ce qu'elle savait qu'elle ne devrait pas vouloir. Il était son employeur, sa punition.

Tomber amoureuse de lui ne ferait que compliquer les choses. Pourtant, elle ne pouvait nier la force hypnotique qui semblait l'attirer, peu importe à quel point elle essayait de résister.

Elle travaillait avec acharnement, frottant le sol du couloir, essayant de s'épuiser.

Peut-être que si elle restait assez occupée, elle ne penserait pas à lui, peut-être que si elle continuait à bouger, elle ne ressentirait pas la douleur dans sa poitrine chaque fois qu'elle se souvenait de sa voix, de son toucher.

Ses pensées étaient comme un poursuivant implacable, impossible à distancer. Elles la suivaient partout, s'insinuant quand elle s'y attendait le moins, et elle jurait entre ses dents, en colère contre elle-même d'être si faible.

— Je ne peux pas continuer comme ça, marmonna-t-elle, jetant le chiffon de frustration. Je ne suis pas une idiote qu'on manipule.

Le bruit de pas la fit se figer. Elle n'avait pas besoin de lever les yeux pour savoir qui c'était. Sa présence était comme une ombre qui la suivait partout où elle allait, toujours tapie dans un coin de son esprit.

— Tu as manqué un endroit, dit-il d'une voix traînante, calme et décontractée. Cela semblait être sa phrase préférée.

Elle serra les dents, refusant de lever les yeux. — Peut-être que si vous ne vous promeniez pas autant, le sol n'aurait pas besoin d'être frotté.

Il rit doucement, ses bottes claquant sur le sol alors qu'il s'approchait. — Je vais prendre ça en considération.

Elle pouvait sentir son regard sur elle, la brûlant comme le soleil un jour de canicule. Lentement, elle leva la tête, rencontrant ses yeux avec un regard de défi.

— Que voulez-vous ? lança-t-elle, détestant la façon dont sa voix tremblait légèrement. Elle voulait avoir l'air forte, inébranlable. Sa présence semblait toujours la secouer, peu importe à quel point elle essayait de se blinder contre lui.

Il inclina la tête, l'étudiant pendant un long moment. — Nous devons parler.

Elle renifla, ramassant le chiffon à nouveau et lui tournant le dos. — Y a rien à dire.

— Oh, je pense que si. Sa voix devint plus basse, plus sérieuse maintenant. — Tu m'évites.

— J'ai été occupée, ou vous avez oublié à quel point cet endroit est grand ?

— Occupée à fuir.

Ses épaules se tendirent à l'accusation, mais elle ne se retourna pas. Elle ne pouvait pas lui faire face - pas quand elle savait qu'il avait raison. Elle avait fui, pas seulement lui, mais elle-même. Les sentiments qu'elle ne voulait pas admettre étaient là.

— Je ne fuis pas, mentit-elle, frottant le sol plus fort. J'ai juste du travail à faire, c'est tout.

Il ne répondit pas tout de suite, mais elle pouvait le sentir debout là, attendant. Le silence entre eux s'étira, lourd et inconfortable.

— Tu peux te mentir à toi-même autant que tu

veux, dit-il finalement, sa voix douce mais ferme. Mais nous savons tous les deux ce qui se passe ici.

Sa main s'immobilisa sur le sol, son cœur battant dans sa poitrine. Elle serra la mâchoire, refusant de céder. Elle ne le laisserait pas l'atteindre, pas encore.

— Ce qui se passe, dit-elle entre ses dents serrées, c'est que vous pensez pouvoir me contrôler.

Il laissa échapper un soupir frustré, s'approchant. Elle pouvait sentir sa chaleur dans son dos, l'espace entre eux devenant de plus en plus petit. — Je ne veux pas te contrôler comme je l'ai dit d'innombrables fois, dit-il doucement. Je veux juste que tu arrêtes de fuir, d'arrêter de combattre ça.

Elle se leva brusquement, se retournant pour lui faire face. — Combattre quoi ? lança-t-elle, sa voix plus forte qu'elle ne l'avait voulu. Y a rien à combattre ici !

Ses yeux s'assombrirent, sa mâchoire se serrant alors qu'il faisait un autre pas en avant. — Tu le crois vraiment ?

Son souffle eut un hoquet dans sa gorge alors qu'il réduisait la distance entre eux, sa présence envahissant ses sens.

Elle recula jusqu'à ce qu'elle heurte le mur, mais il ne s'arrêta pas. Il plaça une main sur le mur à côté de sa tête, la piégeant sur place.

— Dis-moi, dit-il doucement, sa voix comme une caresse. Dis-moi que tu ne le sens pas aussi.

Elle ouvrit la bouche pour argumenter, pour lui dire qu'il avait tort, mais les mots ne venaient pas. Il était impossible de lui mentir, pas quand la vérité la regardait en face. Elle le sentait. Elle le sentait chaque fois qu'il était près, chaque fois qu'il la regardait comme ça, et ça l'effrayait.

— Je ne... murmura-t-elle, sa voix tremblante.

— Si, insista-t-il, ses yeux rivés aux siens. Tu le sens autant que moi.

Ses mains se serrèrent en poings le long de son corps, tremblant de colère, de peur et de quelque chose d'autre. — Ça n'a pas d'importance, cracha-t-elle, la voix tremblante. Tu essaies toujours juste de me posséder.

Il secoua la tête, laissant retomber sa main. — Je ne veux pas te posséder, murmura-t-il. Je veux que tu sois mienne.

La vulnérabilité dans sa voix la prit au dépourvu, et pendant un instant, elle ne sut comment réagir. Il n'était pas l'homme froid et dominateur qu'elle avait cru. Il y avait quelque chose de plus profond, quelque chose de vrai. Elle ne savait pas si elle pouvait y faire confiance, cependant.

— Tu ne sais pas ce que tu veux, marmonna-t-elle en détournant la tête. Tu penses juste que tu peux avoir tout ce que tu veux parce que t'es riche.

— Peut-être bien, admit-il d'une voix basse. Mais je sais que je te veux, toi.

Son cœur manqua un battement à ces mots, l'honnêteté brute dans sa voix lui envoyant un frisson le long de la colonne vertébrale. Elle avait passé toute sa vie à se battre, à survivre, ne laissant jamais personne s'approcher trop près. Maintenant, il était là, lui offrant quelque chose qu'elle n'avait jamais cru possible.

Cependant, cela avait un prix. Un prix qu'elle n'était pas sûre d'être prête à payer.

Cette nuit-là, elle était allongée sur son lit dans la chambre austère, fixant le plafond. Ses mots résonnaient dans son esprit, tourbillonnant autour d'elle comme une tempête à laquelle elle ne pouvait échapper.

« Je te veux. »

C'était la façon dont il l'avait dit, si doucement, si sûrement. Il semblait que ses paroles allaient au-delà de la simple évocation de son apparence physique ; il y avait un sens plus profond derrière elles.

Le fait que cela fasse battre son cœur plus vite était quelque chose qu'elle détestait profondément. Elle méprisait le fait que cela éveille en elle un désir de le croire.

Elle s'affaissa sur le lit, le grincement du vieux cadre résonnant dans le silence de la pièce. Elle avait déjà emprunté cette route auparavant, et les souvenirs la piquaient encore, comme une blessure qui ne guérissait jamais vraiment.

Les hommes comme lui n'aimaient pas les femmes comme elle. Elle l'avait appris à ses dépens, à l'époque où elle était encore assez stupide pour croire que la gentillesse pouvait signifier quelque chose de plus.

Il y avait eu un homme il y a des années, son premier véritable aperçu de ce qu'elle croyait être de l'affection. Il lui avait promis le monde avec des mots doux et des gestes tendres, lui disant qu'elle était spéciale, qu'il prendrait soin d'elle. Elle l'avait cru, aussi.

Mais quand il fut temps pour lui d'agir, quand elle pensait qu'il allait la sortir de la vie qu'elle menait, il révéla sa vraie nature.

Il ne la voulait que pour un frisson passager, et quand elle refusa de lui donner ce qu'il voulait, il se retourna contre elle.

Ses promesses devinrent des menaces, ses mains rudes et impitoyables. Elle s'en était à peine sortie cette nuit-là, mais pas sans cicatrices. Pas sans une leçon gravée au plus profond de son âme.

Que les hommes comme lui, les hommes riches, les hommes puissants, ne se souciaient pas des femmes comme elle. Ils voulaient posséder, prendre, utiliser. L'amour ne faisait jamais partie du marché.

Pourquoi alors, pourquoi se sentait-elle si déchirée ? Pourquoi la pensée de s'éloigner de lui lui faisait-elle mal à la poitrine ?

Elle laissa échapper un soupir frustré, se retournant

sur le côté. Elle avait besoin de s'éclaircir les idées, d'arrêter de penser à lui. Peu importe à quel point elle essayait, elle espérait que cette fois serait différente et que peut-être cette fois, elle pourrait arrêter de fuir.

Sans se donner le temps de reconsidérer, elle se retrouva debout devant son bureau, hésitant, la main suspendue en l'air, à quelques centimètres de la porte.

Elle ne savait pas ce qu'elle allait dire, ne savait même pas pourquoi elle était là, mais quelque chose l'avait attirée vers lui et elle ne pouvait l'ignorer.

Avant qu'elle ne puisse frapper, la porte s'ouvrit brusquement, et il était là, debout devant elle avec un air de surprise sur le visage.

— Je..., commença-t-elle, sa voix faiblissant. Elle avait répété cela dans sa tête une centaine de fois, mais maintenant qu'elle était là, les mots ne venaient pas.

Il s'écarta, ouvrant la porte plus largement. — Entre.

Elle hésita un moment avant d'entrer, le cœur battant. C'était le moment. C'était l'instant où tout pouvait changer.

CHAPITRE-8

*E*lle était assise au bord de son lit plus tard, regardant par la fenêtre la lumière qui s'estompait. Elle l'avait évité toute la journée, se glissant dans et hors des pièces chaque fois qu'il s'approchait.

Plus elle essayait de fuir, plus elle se sentait attirée vers lui, comme un papillon vers une flamme. Et ce soir, elle le savait, quelque chose allait céder.

— Tu sembles toujours m'éviter, marmonna-t-il, sa voix douce mais teintée de frustration. Pourquoi ça ?

Elle ne répondit pas, fixant plutôt l'horizon au-delà des jardins.

— Parle-moi, insista-t-il en s'avançant dans la pièce. Je ne suis pas ton ennemi.

Elle ricana, secouant la tête. — Ah non ? T'as tout le pouvoir ici. J'essaie juste de survivre.

Ses pas se rapprochèrent, et soudain il se tenait juste derrière elle, sa chaleur s'infiltrant dans sa peau.

— C'est tout ce que c'est pour toi ? De la survie ?

Elle déglutit difficilement, la gorge serrée. — C'est pas toujours le cas ?

Il y eut une longue pause avant qu'il ne reprenne la parole, sa voix basse et sérieuse. — Ça n'a pas à l'être.

Elle se tourna enfin pour lui faire face, ses yeux brûlant d'un mélange de colère et de peur. — Qu'est-ce que ça pourrait être d'autre ?

Son expression était indéchiffrable, son regard fixe posé sur elle. — Ça pourrait être quelque chose de plus. Si tu arrêtais seulement de lutter contre ça.

Elle se leva brusquement, mettant de la distance entre eux. — Je lutte contre rien du tout. C'est toi qui veux pas laisser les choses tranquilles.

Il fit un pas en avant, réduisant à nouveau l'espace entre eux. — Et si je ne voulais pas laisser les choses tranquilles ?

Son cœur battait la chamade, sa respiration devenant rapide alors qu'il la dominait de sa taille. Elle ne pouvait nier la chaleur dans ses yeux ni la façon dont son corps réagissait à sa proximité.

— Qu'est-ce que tu veux de moi ? demanda-t-elle, sa voix tremblante d'émotion.

Sa main se leva, écartant une mèche de cheveux de son visage. Le geste était si doux qu'il lui fit mal à la poitrine. — Je veux la vérité, murmura-t-il, ses doigts s'attardant sur sa peau. Je veux que tu admettes que tu le ressens aussi.

Sa gorge se serra, et elle s'écarta, lui tournant à nouveau le dos. — Je ressens rien du tout, mentit-elle, sa voix à peine au-dessus d'un murmure.

— Menteuse, dit-il doucement, sa voix emplie à la fois de défi et de compréhension.

Elle le sentit s'approcher, son souffle chaud contre sa nuque. Tout son corps se tendit, attendant l'inévitable.

Elle savait ce qui allait se passer, elle pouvait le sentir dans l'air entre eux. Même ainsi, elle n'était pas préparée à l'intensité de ce qui arriva finalement.

Sans avertissement, ses mains étaient sur elle, la faisant pivoter pour lui faire face. Avant qu'elle ne puisse protester, sa bouche était sur la sienne, chaude et insistante. Le baiser était comme du feu, féroce, brûlant et irrésistible. Il la consuma, lui vola le souffle et la laissa étourdie de désir.

Pendant un instant, elle resta figée, trop choquée pour réagir. Mais ensuite, quelque chose se brisa en elle, et toute la colère, la peur et le désir qu'elle avait retenus déferlèrent. Elle lui rendit son baiser avec une férocité égale, ses mains agrippant sa chemise tandis qu'elle se pressait contre lui.

C'était un combat de volontés, un affrontement de pouvoir et de passion alors qu'ils luttaient pour le contrôle. Ses mains parcouraient son corps, l'attirant plus près, tandis que les siennes poussaient contre sa poitrine, essayant de maintenir un semblant de distance. Mais il n'y avait plus d'espace entre eux maintenant, pas de barrières, pas de murs. Juste de la chaleur et du désir.

Ses lèvres descendirent vers son cou, traçant une traînée de feu sur sa peau tandis qu'il murmurait son nom. — Tu n'as plus besoin de fuir, murmura-t-il, son souffle chaud contre son oreille. Tu n'as pas besoin de te battre.

Elle ferma les yeux, le souffle coupé alors qu'elle luttait pour maintenir le contrôle qui lui échappait, tout comme sa détermination. — Je peux pas, haleta-t-elle, ses mains le repoussant encore même si son corps la trahissait en se penchant vers son toucher. Je peux pas te faire confiance.

Il se recula légèrement, ses yeux sombres scrutant les siens. — Je ne te demande pas de me faire entièrement confiance tout de suite. Juste... ne me repousse pas.

Elle le regarda fixement, sa poitrine se soulevant alors qu'elle essayait de reprendre son souffle. Son esprit lui criait d'arrêter, de fuir, de se protéger. Mais son cœur ? Il disait tout autre chose.

Elle le voulait. Autant qu'elle détestait l'admettre, elle le voulait, et cela la terrifiait plus que tout.

— Je sais pas comment faire, murmura-t-elle, sa voix rauque d'émotion.

Il tendit les mains, prenant son visage en coupe. Son toucher était étonnamment tendre, et cela lui fit mal à la poitrine d'une manière qu'elle ne comprenait pas. — Alors laisse-moi te montrer.

Pendant un long moment, ils restèrent là, à se regarder. Le silence était lourd de mots non dits, de sentiments inavoués. Et puis, lentement, elle hocha la tête.

Cette nuit-là, elle ne dormit pas. Elle resta éveillée, son esprit tournant en boucle sur tout ce qui s'était passé. Son contact persistait encore sur sa peau, ses mots résonnant dans ses oreilles. — Laisse-moi te montrer.

Pouvait-elle vraiment baisser sa garde ? Pouvait-elle vraiment lui faire confiance, après tout ce qu'elle avait vécu ?

Son cœur battait encore la chamade, son corps vibrait encore du souvenir de son baiser et de la façon dont ses mains avaient caressé ses seins à travers sa simple robe. Elle n'avait jamais rien ressenti de tel auparavant, quelque chose de si brut, si puissant. Cela l'effrayait, mais cela lui donnait aussi envie de plus. Elle avait voulu qu'il lui arrache sa robe et la fasse vraiment sienne, mais il s'était contrôlé, comme un vrai gentleman.

— Seulement quand tu seras vraiment prête, avait-il dit en la relâchant, et elle s'était enfuie sur ses jambes flageolantes.

Il y avait encore un fossé de différences entre eux :

la race, la classe sociale, l'éducation. La liste était longue, et elle ne savait pas s'ils pourraient un jour vraiment combler cet écart.

Elle s'assit, enroulant ses bras autour de ses genoux tout en regardant par la fenêtre. La nuit était calme, les étoiles scintillaient dans le ciel. Tout semblait si paisible, si immobile. À l'intérieur, elle était un tourbillon d'émotions, partagée, confuse et complètement dépassée.

Le lendemain, les choses étaient différentes. Elle pouvait le sentir dans l'air, dans la façon dont il la regardait quand elle entrait dans la pièce. La tension entre eux avait évolué vers quelque chose de plus complexe.

Ils ne parlèrent pas du baiser, ne mentionnèrent pas la façon dont ils avaient tous deux perdu le contrôle. Cependant, c'était indéniablement là, suspendu dans l'air, créant un lourd fardeau qu'aucun d'eux ne pouvait ignorer.

Il l'observait pendant qu'elle vaquait à ses tâches, ses yeux suivant chacun de ses mouvements. Elle pouvait sentir la chaleur de son regard, le désir inexprimé qui couvait juste sous la surface. Chaque fois que leurs yeux se croisaient, son cœur faisait un bond.

Elle n'était pas prête à en parler. Pas encore. Elle avait besoin de temps pour assimiler, pour comprendre ce que tout cela signifiait.

Alors elle gardait ses distances, gardait la tête baissée, et essayait de faire comme si rien n'avait changé.

Au plus profond d'elle-même, elle savait que tout avait changé.

CHAPITRE-9

*L*es jours suivants passèrent dans un flou de silences gênants et de regards dérobés. Le baiser avait changé quelque chose entre eux, et peu importe à quel point elle essayait de prétendre le contraire, elle ne pouvait le nier.

Il l'observait, toujours en train de la regarder. Ses yeux la suivaient comme une ombre, sombres et intenses, brûlant de quelque chose qu'elle ne voulait pas nommer. Chaque fois que leurs regards se croisaient, son cœur manquait un battement, et elle retenait son souffle, attendant que quelque chose se passe, mais rien ne se produisait. Il ne la touchait plus. Il n'essayait même pas, et d'une certaine façon, cela rendait les choses pires.

La distance entre eux ressemblait à un gouffre, s'élargissant chaque jour davantage. Elle savait qu'il attendait qu'elle fasse le premier pas, qu'elle reconnaisse ce qui s'était passé entre eux. Mais elle n'était pas prête, pas encore.

À la place, elle se jetait dans son travail, frottant les sols et lavant le linge avec une férocité qui laissait ses mains à vif et son corps endolori. Elle avait besoin de cette distraction, besoin de quelque chose pour occuper son esprit afin de ne pas avoir à penser à lui. Pourtant, il était toujours là, tapi au fond de son esprit.

Et la nuit, quand la maison était silencieuse et le monde immobile, elle restait éveillée dans son lit, fixant le plafond et se rappelant la sensation de ses lèvres sur les siennes. La façon dont ses mains l'avaient agrippée, possessives et douces à la fois. La façon dont il l'avait regardée, comme si elle était la seule chose au monde qui comptait.

Elle se détestait de vouloir plus.

C'était en fin d'après-midi quand elle n'en put finalement plus. Elle était dans la cuisine, les mains plongées dans l'eau savonneuse alors qu'elle récurait la vaisselle du déjeuner, quand elle le sentit derrière elle.

Elle ne se retourna pas, ne reconnut pas sa présence, même si ses tétons se durcirent.

— Tu vas continuer à m'éviter pour toujours ? Sa voix était basse, mais il y avait une tension qui faisait s'emballer son cœur.

Elle ne répondit pas, ses mains bougeant plus vite tandis qu'elle frottait l'assiette devant elle. Peut-être que si elle continuait simplement à travailler, gardait la tête baissée, il la laisserait tranquille.

Mais il ne le fit pas.

— Parle-moi, dit-il en s'approchant. Je ne te laisserai pas fuir ça.

Elle s'arrêta enfin, ses mains s'immobilisant dans l'eau alors qu'elle prenait une profonde inspiration. — Y a rien à dire.

— Ne me mens pas. Son ton était tranchant, exigeant.

Elle se retourna brusquement, ses yeux brillant de défi. — Que veux-tu que je dise ? Que j'ai ressenti quelque chose et que j'y pense depuis ? Que je me déteste de vouloir plus ?

Les mots sortirent avant qu'elle ne puisse les arrêter, et dès qu'ils quittèrent sa bouche, elle les regretta. Son cœur battait la chamade, sa poitrine serrée tandis qu'elle attendait sa réponse.

Mais au lieu de la colère, son expression s'adoucit, ses yeux s'illuminèrent de soulagement. — Et pourquoi te détestes-tu de vouloir plus ? demanda-t-il doucement.

— Parce que je ne suis pas censée le vouloir,

murmura-t-elle, sa voix tremblante. Toi et moi... on n'est pas censés...

— Qui dit qu'on n'est pas censés ? l'interrompit-il en se rapprochant. Sa voix était calme, mais il y avait une férocité dans ses yeux qui accéléra son pouls. Tu te bats contre ça depuis le jour où on s'est rencontrés. Pourquoi ?

— Parce que je ne peux pas te faire confiance ! lâcha-t-elle, ses émotions débordant d'un coup. Tu as tout le pouvoir ici. Tu peux faire ce que tu veux, et je n'ai rien à dire. Je ne peux pas me permettre de...

Sa voix se brisa, et elle se détourna, retenant les larmes qui menaçaient de couler. Elle détestait se sentir faible, détestait lui laisser voir à quel point elle était vulnérable.

Au lieu de reculer, il tint bon et ne céda pas. À la place, il tendit la main, la tournant doucement pour lui faire face à nouveau. — Je ne m'attends pas à ce que tu me fasses confiance d'un coup, dit-il doucement. Mais tu dois arrêter de me repousser.

Elle déglutit difficilement, la gorge serrée. — Je t'ai dit que je ne sais pas comment faire.

— Laisse-toi aller, et tu sauras.

Ses mots étaient si simples, si sincères, que pendant un moment, elle faillit le croire. Mais la peur était toujours là, tapie sous la surface, lui murmurant que c'était dangereux. Que le laisser entrer pourrait la détruire.

— Je ne suis pas prête, dit-elle, sa voix à peine plus qu'un murmure.

— Je ne vais nulle part, promit-il, sa main reposant toujours légèrement sur son bras. Quand tu seras prête, je serai là.

Cette nuit-là, allongée dans son lit, elle ne pouvait s'empêcher de penser à ses mots. La façon dont il l'avait regardée, la façon dont il l'avait touchée. C'était différent cette fois, pas comme avant, quand tout n'était que chaleur et passion. Cette fois était différente, mais tout aussi puissante.

Elle n'était pas sûre d'être prête pour ça ; elle n'était pas sûre de pouvoir le supporter.

Elle avait passé toute sa vie à survivre, faisant tout ce qu'il fallait pour s'en sortir. Laisser entrer quelqu'un, faire confiance à quelqu'un, c'était dangereux. Et faire confiance à quelqu'un comme lui, avec tout son pouvoir et ses privilèges ? C'était terrifiant.

Mais la petite partie têtue en elle voulait le croire. Voulait croire que peut-être il était différent.

Le lendemain matin, lorsqu'elle descendit pour commencer ses corvées, il l'attendait. Elle se figea sur le seuil, son cœur battant la chamade alors que leurs regards se croisaient.

— Bonjour, dit-il, sa voix calme, presque désinvolte. Mais il y avait une lueur dans ses yeux qui lui disait qu'il n'avait pas oublié leur conversation.

— B'jour, marmonna-t-elle, gardant la tête baissée en passant devant lui.

Mais alors qu'elle se dirigeait vers la cuisine, il l'arrêta, sa main attrapant doucement son bras. — Attends.

Elle s'arrêta, son cœur s'emballant alors qu'elle levait les yeux vers lui.

— Je pensais ce que j'ai dit hier soir, chuchota-t-il, ses yeux scrutant les siens. Je ne vais pas te bousculer, mais j'ai besoin que tu saches que je ne vais pas non plus abandonner.

Sa gorge se serra, et pendant un instant, elle ne sut quoi dire. Une partie d'elle voulait le repousser à nouveau, fuir ces sentiments qui lui faisaient si peur. Mais une autre partie d'elle, cette partie traîtresse qu'elle essayait d'ignorer, voulait rester. Voulait voir où cela pourrait mener.

Elle déglutit difficilement, sa voix à peine plus qu'un murmure. — Je ne sais toujours pas si je peux te faire confiance.

— Je sais que tu as eu une vie difficile, dit-il, sa voix douce mais ferme. Mais peut-être que tu peux commencer par ne pas me fuir.

CHAPITRE-10

*L*es jours qui suivirent ne furent pas faciles. Elle avait pris ses mots à cœur, de ne pas fuir, de rester, mais c'était plus difficile qu'elle ne l'avait imaginé.

Chaque fois qu'elle baissait sa garde, ne serait-ce qu'une seconde, la peur revenait en rampant. La peur de se rendre vulnérable.

La peur qu'il puisse lui briser le cœur aussi facilement qu'il l'avait embrassée. Cependant, plus elle passait de temps avec lui, plus elle découvrait un côté différent de lui, un côté qu'elle n'avait pas prévu ou qu'elle n'avait pas voulu voir.

Elle avait d'abord pensé qu'il était beaucoup plus cruel qu'il ne l'était en réalité. Il n'était pas comme les autres, ces hommes qui la regardaient comme si elle n'était rien de plus qu'un bien, un outil à utiliser et à jeter.

Il la regardait différemment aussi, son regard

rempli de quelque chose de plus que du simple désir. Et quand il lui parlait, il y avait une douceur dans son ton qui lui serrait le cœur.

Elle ne savait pas quoi faire de tout cela.

Le lendemain matin, elle se réveilla tôt, alors que la maison était encore silencieuse, l'air frais porteur de la promesse d'une nouvelle journée. Glissant hors du lit, elle s'habilla rapidement et descendit, prête à commencer ses corvées.

Quand elle entra dans la cuisine, elle fut surprise de le trouver déjà là, assis à la table avec une tasse de café à la main.

Il leva les yeux quand elle entra, son regard croisant le sien. Pendant un moment, aucun d'eux ne parla. Puis il fit un signe de tête vers la cuisinière. — J'ai fait du café. Je me suis dit que tu pourrais en avoir besoin.

Elle hésita, ses yeux se plissant de suspicion. — Quel est ton jeu ?

Il haussa un sourcil, prenant une gorgée de sa tasse. — Il n'y a pas de jeu. Je pensais juste que tu en voudrais peut-être avant de commencer.

Ses yeux allèrent de la cafetière fumante sur la cuisinière à lui. C'était étrange, cette offre désinvolte de gentillesse. Elle n'y était pas habituée et cela la mettait plus mal à l'aise que s'il avait essayé de la coincer.

— Je peux faire le mien, marmonna-t-elle, passant devant lui pour prendre une tasse.

Il ne l'arrêta pas, mais elle pouvait sentir son regard sur elle tandis qu'elle se servait une tasse. Elle sirota le café ; la chaleur apaisant ses nerfs. Les mots non dits semblaient en dire long.

— Tu n'as pas besoin de continuer à me combattre, tu sais, soupira-t-il après un moment, sa voix calme mais ferme. Personne ici ne va te faire de mal.

Sa prise se resserra autour de la tasse. — Peut-être pas toi, mais je ne fais toujours confiance à personne dans cette maison.

Il se pencha en arrière dans sa chaise, son regard stable. — Je comprends ça. La confiance ne vient pas d'un coup. Elle se gagne, petit à petit.

Elle ne répondit pas, mais ses mots restèrent avec elle alors qu'elle vaquait à ses tâches. Essayait-il vraiment de gagner sa confiance ? Et si c'était le cas, voulait-elle la lui donner ?

Le calme du matin ne dura pas. À midi, la maison était pleine d'activité avec l'arrivée des invités, des hommes en beaux habits et des femmes en robes élaborées, tous riant et bavardant en remplissant le salon.

En tant que simple membre du personnel, il n'y avait aucune raison pour qu'elle soit informée, pensa-t-elle avec mépris.

Elle resta à l'écart, se cantonnant à la cuisine et aux couloirs de service où personne ne la remarquerait. Cependant, elle pouvait les entendre, leurs voix flottant à travers les portes ouvertes.

De temps en temps, elle l'apercevait dans la foule, sa posture raide alors qu'il jouait le rôle de l'hôte gracieux.

Elle ne savait pas ce qui la dérangeait le plus, la

façon dont il semblait si à l'aise dans ce monde ou la façon dont cela lui rappelait qu'elle n'y appartenait pas.

En fin d'après-midi, les invités étaient rassemblés dehors, les hommes fumant des cigares et discutant affaires tandis que les femmes étaient assises à l'ombre, s'éventant. Elle était dans le jardin, en train de tailler les haies, quand elle entendit deux hommes parler.

— Ta nouvelle bonne a du caractère, dit l'un d'eux avec un rire. Je l'ai vue te regarder. Je parie qu'elle n'attend qu'une occasion de planter ses griffes.

Elle se figea, son cœur battant la chamade en réalisant qu'ils parlaient d'elle. Elle ne pouvait pas voir leurs visages d'où elle se tenait, mais elle connaissait leur genre : des hommes qui pensaient que les femmes comme elle n'étaient rien de plus que des proies.

Sa voix vint ensuite, calme mais avec une pointe d'acier. — Surveille ta langue. Tu n'as pas le droit de parler d'elle.

Il y eut un bref silence, puis l'autre homme rit. — Je ne voulais pas offenser. Je dis juste que... Il n'y a aucun intérêt à trop s'attacher à elles parce qu'elles vont et viennent, tu le sais.

Son souffle se coinça dans sa gorge, ses mains tremblant alors qu'elle attendait sa réponse.

— Elle est différente, dit-il, sa voix calme mais ferme. Et tu ferais bien de t'en souvenir.

Son cœur se serra à ces mots. Une partie d'elle voulait courir, s'éloigner le plus possible de lui et de son monde. L'autre partie, qu'elle ne comprenait pas complètement, voulait le croire. Voulait croire qu'elle était différente pour lui.

Plus tard dans la soirée, après le départ des invités, elle le trouva seul dans son bureau. Elle n'était pas sûre de ce qui l'avait poussée là. Peut-être était-ce la façon dont il l'avait défendue, ou peut-être était-ce la façon dont ses mots lui avaient fait ressentir quelque chose qu'elle n'était pas prête à admettre.

Il leva les yeux quand elle entra, son expression illisible. — Qu'y a-t-il ?

Elle se tenait dans l'embrasure de la porte, les bras fermement croisés sur sa poitrine. — Pourquoi as-tu dit ça ?

Son front se plissa. — Dit quoi ?

— Que je suis différente. Sa voix était plus sèche qu'elle ne l'avait voulu, mais elle ne pouvait pas s'en empêcher. Pourquoi as-tu dit ça à lui ?

Il se pencha en arrière dans sa chaise, ses yeux s'assombrissant en rencontrant les siens. — Parce que tu l'es.

Son cœur battait la chamade dans sa poitrine. — Je suis pas différente des autres. Je suis juste...

— Juste quoi ? l'interrompit-il, sa voix basse mais intense. Tu crois que je ne vois pas qui tu es ? Tu crois que je ne sais pas de quoi tu es capable ?

Elle secoua la tête, la gorge serrée. — Je ne sais pas ce que tu attends de moi.

— Je n'attends rien de toi, si ce n'est la vérité. Il se leva, comblant la distance entre eux en quelques enjambées rapides. Tu fuis depuis le jour où je t'ai amenée ici, mais tu ne peux pas fuir éternellement.

Son pouls s'accéléra lorsqu'il tendit la main, lui prenant doucement le menton. Son contact était chaud, ses yeux scrutant les siens.

— Tu n'es pas comme les autres, dit-il doucement. Je te vois et je ne te laisserai pas prétendre que tu n'as pas d'importance.

Ses murs s'effondrèrent à cet instant, et elle sentit des larmes lui piquer les coins des yeux. Elle avait passé tellement de temps à prétendre être forte, à faire semblant que rien ne pouvait l'atteindre. La vérité était qu'elle ne s'était jamais sentie aussi vulnérable.

— Tu ne me connais pas, ce que j'ai fait dans le passé, chuchota-t-elle, la voix tremblante.

— Peut-être pas entièrement, admit-il, son pouce caressant sa joue. Mais je le veux.

CHAPITRE-11

❧

*E*lle ne savait pas combien de temps elle était restée là, à fixer la porte fermée après leur confrontation de la veille.

Son esprit avait rejoué ses mots maintes fois : « *Je te vois.* » C'était trop, trop proche. Et pourtant, elle n'avait pas pu nier la chaleur qui s'était infiltrée dans sa poitrine quand il l'avait dit.

Ce jour-là, alors qu'elle vaquait à ses tâches, le sentiment de malaise persistait. Elle n'était pas sûre de ce qui avait changé, mais quelque chose entre eux s'était transformé, et elle ne savait pas si c'était une bonne chose.

Il l'avait encore observée. Pas comme avant, comme si elle était un animal sauvage qu'il devait apprivoiser. Non, maintenant, dans son regard, il y avait quelque chose qui faisait battre son cœur plus vite et nouait son estomac.

Elle n'aimait pas ça. Du moins, c'est ce qu'elle ne cessait de se répéter.

Cet après-midi-là, elle étendait des draps sur la corde à linge derrière la maison quand l'un des hommes qui travaillaient aux écuries s'approcha d'elle. Il s'appelait Earl, et il avait toujours été trop audacieux à son goût, ses yeux s'attardant sur elle plus longtemps que nécessaire.

— Eh bien, t'es vraiment jolie aujourd'hui, dit Earl, sa voix épaisse accompagnée d'un sourire lubrique. Il s'approcha, envahissant son espace, et elle recula instinctivement.

— T'as pas du travail à faire ? lança-t-elle sèchement, sa voix plus tranchante que d'habitude. Elle n'avait pas le temps pour ses bêtises aujourd'hui.

Earl ricana, faisant un autre pas en avant. — Fais pas ta difficile. J'essaie juste d'être amical.

Ses mains se serrèrent en poings le long de son corps, son cœur battant la chamade. Elle n'avait pas peur de lui, pas exactement, mais elle connaissait les hommes comme Earl. Elle savait de quoi ils étaient capables.

Avant qu'elle ne puisse répondre, elle entendit une voix derrière elle.

— Éloigne-toi d'elle.

Elle se retourna pour le voir debout sur le porche, ses yeux sombres et dangereux fixés sur Earl. Pendant un instant, elle pensa que l'idiot pourrait essayer de tenir tête. Il savait mieux que ça, cependant. On ne se moque pas de la main qui nous nourrit.

L'expression autrefois suffisante sur son visage s'estompa, et il recula en réponse. — J'voulais pas d'mal, marmonna-t-il avant de se retourner et de s'éloigner, ne jetant qu'un seul regard en arrière.

Elle ne se permit de soupirer qu'après l'avoir vu tourner le dos.

— Ça va ? Sa voix était plus douce maintenant, inquiète.

Elle ne répondit pas tout de suite. Au lieu de cela, elle lui tourna le dos et continua à étendre les draps, ses mains tremblant légèrement.

— J'avais pas besoin de ton aide, marmonna-t-elle, sa voix à peine audible.

Il garda le silence un moment, et elle se demanda s'il allait simplement la laisser là, la laisser mijoter dans son entêtement.

Elle le sentit derrière elle, assez proche pour qu'elle puisse sentir la chaleur de son corps, bien qu'il ne la touche pas.

— Tu ne devrais pas avoir à te défendre contre des hommes comme lui, dit-il doucement.

Elle se retourna brusquement pour lui faire face, ses yeux brûlant de colère. — Des hommes comme lui ? Et les hommes comme toi ? Tu crois que j'ai oublié où je suis ? Que j'ai oublié qui tu es ?

Il ne tressaillit pas à ses mots. Au lieu de cela, il soutint son regard, son expression indéchiffrable.

— Je ne suis en rien comme lui, dit-il d'une voix basse et régulière. Et tu le sais.

Elle détestait la façon dont ses mots la faisaient se

sentir, la façon dont ils effritaient ses défenses. Elle voulait le combattre, le repousser, mais la vérité était qu'elle n'en avait pas la force.

— Pourquoi tu t'en soucies autant, hein ? demanda-t-elle, sa voix tremblante. Pourquoi tu fais ça ?

Ses yeux s'adoucirent, et pendant un instant, elle vit quelque chose en eux qui l'effrayait plus que tout le reste : de la vulnérabilité.

— Je ne sais pas, admit-il, sa voix à peine plus qu'un murmure. Mais c'est le cas.

Elle sentit sa résolution s'effriter à nouveau, sa colère lui glissant entre les doigts comme du sable. Elle voulait s'y accrocher, maintenir ce mur entre eux, mais c'était de plus en plus difficile chaque jour.

— J'ai besoin de personne pour me protéger, marmonna-t-elle, se détournant de lui.

— Je sais, dit-il doucement. Mais ça ne veut pas dire que je ne le ferai pas.

Ce soir-là, elle se retrouva dehors sur le porche, à contempler les étoiles. La nuit était fraîche, et l'air sentait le pin et la terre, une odeur familière qui lui avait toujours apporté du réconfort. Cette nuit-là, c'était différent, comme si le monde bougeait sous ses pieds, et elle ne savait pas comment rester immobile.

Elle entendit la porte grincer derrière elle et devina que c'était lui. La maison était calme quand elle avait quitté sa chambre et elle pensait que tout le monde dormait. Il ne dit rien au début, se tenant simplement à côté d'elle, regardant dans l'obscurité.

Après un long silence, il parla. — Tu t'es déjà

demandé ce que ce serait de juste... partir ? S'éloigner de tout ça ? Il savait que cette pensée avait traversé son esprit de nombreuses fois.

Elle le regarda, surprise par la question. — Où j'irais ? demanda-t-elle, sa voix teintée d'amertume. Y a nulle part dans ce monde pour quelqu'un comme moi.

Sa mâchoire se crispa, et il détourna le regard, ses mains serrées en poings le long de son corps. — Tu as tort, dit-il doucement. Il y a toujours un endroit. Ça dépend juste si tu es assez courageuse pour le trouver. Je pense que le fait que tu choisisses de rester ici signifie que tu es assez courageuse.

Elle cligna fort des yeux parce qu'elle savait qu'il disait la vérité. Chaque fois qu'elle pensait à quitter cet endroit, elle changeait rapidement d'avis. Elle aimait ne pas avoir à mentir et voler pour survivre ; elle appréciait d'avoir de la nourriture, et elle aimait même la routine. Plus que cela, elle savait qu'elle restait à cause de lui. Tout le reste n'était qu'un bonus. Il s'était glissé sous sa peau.

Elle fronça les sourcils, feignant de ne pas comprendre ce qu'il voulait dire. Mais avant qu'elle ne puisse dire quoi que ce soit, il se retourna et rentra dans la maison, la laissant seule avec ses pensées.

CHAPITRE-12

*E*lle se réveilla en sursaut, troublée par ses rêves. C'était toujours la même chose. Ce baiser qui avait été plus qu'un simple baiser. Ç'avait été un point de rupture, le franchissement d'une ligne qu'elle s'était juré de ne jamais approcher.

Ses lèvres picotaient encore au souvenir, mais ensuite, ces mêmes lèvres se serrèrent de regret.

Elle balança ses jambes par-dessus le bord du lit, ses mains tremblantes alors qu'elle enfilait ses vêtements de travail. Elle se sentait différente aujourd'hui, comme si quelque chose avait changé en elle et qu'elle n'était pas prête à y faire face.

À l'extérieur de sa porte, la maison était silencieuse. Trop silencieuse. Elle s'était habituée au doux bourdonnement d'activité, aux voix lointaines du personnel. Mais ce matin-là, tout était immobile comme si on attendait qu'un événement se produise.

Au moment où elle entra dans la cuisine, elle put

sentir la lourde atmosphère de tension qui l'entourait. Sa présence fit brièvement ciller les yeux des autres femmes avant qu'elles ne détournent le regard. Le silence n'était pas que son imagination. Elles avaient remarqué quelque chose. *Elles savaient.* Cet horrible homme, Earl, avait dû répandre des rumeurs.

Sa poitrine se serra car c'était exactement ce qu'elle avait essayé d'éviter, être remarquée, devenir part de quelque chose de plus que la simple survie. Elle avait besoin de sortir, besoin de fuir. Mais où irait-elle ?

Plus tard dans la matinée, alors qu'elle nettoyait dans le salon, il entra, mais elle détourna le regard dès que leurs yeux se croisèrent, et se concentra sur son travail.

Il s'éclaircit la gorge, sa voix anormalement formelle.

— Bonjour.

Elle se raidit, ne sachant pas quoi dire.

— B'jour.

Le silence qui suivit était insupportable. Il se tenait maladroitement près de la porte, comme s'il ne savait pas s'il devait s'approcher ou partir. Sa présence remplissait la pièce, l'étouffant de son poids.

Finalement, il rompit le silence.

— À propos d'hier soir...

— Non, l'interrompit-elle, sa voix tranchante et défensive. Ne dites rien à ce sujet.

Il la fixa du regard, son expression mêlant confusion et frustration.

— Nous devons en parler.

Elle se retourna pour lui faire face, les yeux flamboyants.

— Parler de quoi ? C'était une erreur. C'est tout ce que c'était.

Sa mâchoire se crispa, les muscles de son cou se tendant alors qu'il luttait pour rester calme.

— Une erreur ? C'est vraiment ce que tu penses ?

Elle se força à soutenir son regard, même si son intensité la faisait fléchir.

— J'ai pas l'temps pour ces bêtises, marmonna-t-elle. J'ai du travail à faire.

Sans un mot de plus, elle lui tourna le dos et continua à nettoyer, ses mains tremblant tandis qu'elle frottait la surface de la table.

Mais elle pouvait sentir son regard sur elle, brûlant son dos. Et au fond d'elle, elle savait qu'il n'allait pas laisser tomber.

La tension entre eux ne fit que croître au fil des jours. Il ne reparla jamais de leur conversation ou de leur baiser, mais chaque fois qu'ils étaient ensemble, c'était un rappel perpétuel.

Elle détestait la façon dont il la faisait se sentir, si hors de contrôle, si vulnérable. Elle se détestait encore plus de le désirer, d'avoir besoin de lui d'une manière qui l'effrayait.

Un après-midi, le silence entre eux se brisa enfin.

— Pourquoi fais-tu ça ? demanda-t-il, sa voix emplie de frustration.

Elle le regarda, confuse.

— Faire quoi ?

Il s'approcha, ses yeux intenses.

— Me repousser. Faire semblant que ce qui s'est passé entre nous ne signifiait rien.

Elle croisa les bras sur sa poitrine, essayant de se protéger de ses paroles.

— Parce que c'est l'cas, mentit-elle. Ça veut rien dire.

Il laissa échapper un rire amer.

— Tu mens très mal.

Elle fronça les sourcils, lui tournant le dos.

— Y a rien à dire. T'as ta vie, j'ai la mienne. On est pas pareils.

— Mais on pourrait l'être, dit-il doucement, sa voix s'adoucissant.

Elle se figea, son cœur battant la chamade dans sa poitrine. *Pourrait l'être ?* Que voulait-il dire par là ?

— Pourquoi tu t'en soucies tant ? marmonna-t-elle, sa voix à peine audible. C'était impossible pour un homme comme lui d'aimer une femme comme elle.

— Je ne sais pas, admit-il, sa voix pleine d'émotion brute. Mais c'est le cas. Et je ne peux pas m'arrêter.

Ses mots percèrent ses défenses, l'ébranlant jusqu'au cœur. Elle voulait fuir, échapper à l'intensité de son regard, mais ses pieds refusaient de bouger.

Elle fit volte-face pour lui faire face, sa poitrine se soulevant d'émotion.

— Tu sais rien d'moi, cracha-t-elle, sa voix tremblante. Tu sais pas c'que c'est. Chaque jour est un combat juste pour survivre.

— J'en sais plus que tu ne le penses, dit-il doucement.

Elle secoua la tête, les larmes lui brûlant les yeux.

— T'as tout. T'as jamais eu à mendier, jamais eu à voler juste pour t'en sortir.

Il s'approcha, réduisant la distance entre eux.

— Et je renoncerais à tout, chaque parcelle, si ça signifiait te garder en sécurité.

Son souffle se bloqua dans sa gorge à ces mots. Elle le fixa, son esprit s'emballant. Pourquoi disait-il cela ? Pourquoi était-il prêt à tout risquer pour elle ?

— Pourquoi ? chuchota-t-elle, sa voix à peine audible.

Il tendit la main et lui caressa doucement le visage, son pouce essuyant une larme qui avait glissé sur sa joue.

— Parce que je te vois, murmura-t-il. La vraie toi. Et je ne peux pas m'éloigner de ça.

Ses mots brisèrent quelque chose en elle, pulvérisant les dernières de ses défenses. Elle sentit le poids de toutes ses peurs et insécurités s'abattre sur elle, l'envahissant.

Sans réfléchir, elle tendit la main et agrippa le devant de sa chemise, le tirant plus près.

— Ne fais pas ça, chuchota-t-elle, sa voix pleine de désespoir. Ne me fais pas avoir besoin de toi.

Ses bras l'entourèrent, l'attirant contre sa poitrine.

— C'est trop tard, murmura-t-il contre ses cheveux. J'ai déjà besoin de toi.

CHAPITRE-13

*L*a tension entre eux flottait dans l'air après les événements de la nuit précédente.

Elle s'était attendue à ce que les choses restent les mêmes, sa place de femme de chambre, un arrangement temporaire pour qu'elle puisse purger sa « punition », mais quand il l'appela dans son bureau ce matin-là, elle sentit que quelque chose avait changé.

Elle entra dans la pièce avec prudence, son regard balayant le mobilier luxueux, les hautes étagères remplies de livres qu'elle ne pouvait pas lire, et lui, debout derrière le bureau, les bras croisés, l'observant.

— J'ai pris une décision, commença-t-il, sa voix basse et autoritaire, mais douce. J'ai vu en toi un potentiel, quelque chose qui va bien au-delà de ce que tu crois de toi-même.

Son cœur battait la chamade, et elle releva légèrement le menton, toujours rebelle. — Et qu'est-ce que ça veut dire ?

Il s'approcha, son regard s'adoucissant tandis qu'il l'étudiait. — Tu as survécu d'une manière qui montre que tu es plus forte que la plupart. Mais la survie n'est pas tout. Je veux que tu prospères.

Elle fronça les sourcils, la confusion se mêlant au soupçon. — Prospérer ? Je ne suis qu'une femme de chambre.

— Tu ne seras plus femme de chambre très long-temps, dit-il d'une voix ferme. J'ai pris des dispositions pour une enseignante, quelqu'un pour t'aider à apprendre, l'étiquette, la langue, les choses dont tu as besoin pour devenir plus... raffinée.

Son estomac se noua à cette pensée. *Une enseignante ?* Qu'attendait-il d'elle ? Qu'elle devienne une dame de la haute société ? — Tu crois que tu peux me trans-former en une de tes femmes de la haute société ? demanda-t-elle, sa voix teintée de sarcasme. Quelqu'un qui reste assise joliment et dit toutes les bonnes choses ? Tu dois être complètement fou.

Sa mâchoire se crispa, mais il ne faiblit pas. — Tu ne seras jamais comme elles. Et je ne veux pas que tu le sois. Je veux que tu deviennes la meilleure version de toi-même.

Elle le fixa, essayant de donner un sens à ses paroles. *Pourquoi voudrait-il cela ?* Personne n'avait jamais voulu plus pour elle que ce qu'elle avait déjà, une vie de débrouille.

— Tu as le choix, ajouta-t-il, sentant sa réticence. Tu peux rester comme tu es, ou tu peux apprendre, grandir et prendre le contrôle de ton propre avenir.

Sa gorge se serra alors qu'elle essayait de réprimer les émotions qui montaient en elle. Elle avait toujours été maîtresse de son propre destin, du moins le pensait-elle. Mais maintenant, face à la perspective de devenir quelqu'un de différent, quelqu'un de meilleur, elle n'était pas sûre d'être prête.

Le lendemain, l'enseignante arriva. Mademoiselle Lillian Worthington, une femme élégante d'une trentaine d'années, entra dans le grand hall d'entrée. Sa présence était frappante, posée et raffinée, avec un air d'autorité qui fit même se tenir un peu plus droit les femmes de chambre.

Elle s'approcha de la femme avec un sourire chaleureux et étudié, mais il y avait un courant sous-jacent de sérieux dans ses yeux. — Vous devez être l'élève, Zelena, dit-elle en tendant la main. Je suis Mademoiselle Everwood. Je vais vous guider tout au long de ce parcours.

Zelena hésita, son instinct lui criant de fuir, de résister à l'idée même d'être « guidée » par qui que ce soit. Quelque chose dans l'assurance de Mademoiselle Everwood l'attirait. Elle serra sa main à contrecœur.

— J'ai pas besoin de leçons de chichis, marmonna-t-elle, croisant les bras d'un air défensif. Je suis bien comme je suis.

Mademoiselle Everwood ne broncha pas. — Tout le monde est bien comme il est, répondit-elle calmement. Mais nous pouvons toujours devenir plus.

Sur ce, les leçons commencèrent. Mademoiselle Everwood ne perdit pas de temps à plonger dans le monde de l'étiquette, comment s'asseoir correctement, comment marcher avec grâce, comment se tenir avec dignité. Zelena luttait à chaque étape, ses mouvements maladroits, son langage grossier, sa patience mince.

Elle serrait les dents à chaque correction, son corps raide alors qu'elle essayait d'imiter l'élégance de l'enseignante. Elle sentait de nombreux regards sur elle et entendait des ricanements car elle était observée par les autres femmes de chambre qui se délectaient de son infortune.

— Tenez votre dos droit, instruisit Mademoiselle Everwood, sa voix calme mais ferme. Une dame ne se tient jamais voûtée. La posture est primordiale.

Elle leva les yeux au ciel, mais s'exécuta, se sentant ridicule. — Pourquoi ça a de l'importance la façon dont je m'assieds ?

— Cela importe parce que cela montre le contrôle, expliqua Mademoiselle Everwood, son regard stable. Une dame contrôle la façon dont le monde la perçoit.

La défiance de la femme s'enflamma. — Je m'en fiche de comment le monde me voit. Ils se sont jamais souciés de moi avant.

Mademoiselle Everwood fit une pause, son expression s'adoucissant. — Vous devriez vous en soucier, dit-elle doucement. Parce qu'une fois que vous contrôlerez la façon dont les autres vous voient, vous réaliserez que vous avez beaucoup de pouvoir que vous ne connaissiez pas.

Plus tard dans la nuit, après des heures de leçons frustrantes, elle était assise près de la cheminée dans l'énorme cuisine, qui était vide à l'exception d'elle, les mains serrées en poings.

Elle avait détesté chaque minute, l'élégance forcée, la façon dont elle devait se tenir, les corrections constantes. Tout cela semblait artificiel, comme si elle essayait d'être quelque chose qu'elle n'était pas.

Il entra dans la pièce silencieusement, l'observant depuis l'embrasure de la porte pendant un moment avant de parler. — Comment ça s'est passé ?

Elle lui lança un regard noir. — Comment tu crois ? J'suis pas faite pour ça. J'serai jamais une dame.

Il s'approcha d'elle, s'accroupissant pour être à son niveau. — Il ne s'agit pas d'être une « dame ». Il s'agit de montrer au monde de quoi tu es capable.

Elle secoua la tête, la frustration débordant. — J'suis capable de survivre. J'ai pas besoin d'être une jolie petite chose dans une robe.

Il tendit la main, posant doucement la sienne sur celle de la jeune femme. — Il ne s'agit pas de faire de toi quelque chose que tu n'es pas. Il s'agit de te donner les outils pour être qui tu veux être.

Ses paroles touchèrent une corde sensible au plus profond d'elle, éveillant quelque chose qu'elle avait essayé d'enfouir. Elle avait passé tellement de temps à se battre, à survivre, qu'elle ne s'était jamais arrêtée pour penser à ce qu'elle *pourrait* être.

Mais cela l'effrayait. L'idée de laisser partir la personne qu'elle avait toujours été, cette femme brute et indomptée qui s'était battue pour chaque miette de vie.

— Je ne sais pas si j'en suis capable, murmura-t-elle, la voix tremblante.

— Tu en es capable, dit-il fermement, ses yeux ne quittant pas les siens. Tu es plus forte que tu ne le penses.

Le lendemain matin, elle se tenait devant le miroir dans une pièce du rez-de-chaussée, contemplant son reflet. Miss Everwood l'avait habillée d'une robe simple mais élégante. Ce n'était pas aussi extravagant que les robes des femmes de la haute société, mais c'était bien loin des haillons auxquels elle était habituée.

Ses cheveux étaient soigneusement tirés en arrière, et bien qu'elle se sentît mal à l'aise dans ces vêtements, elle ne pouvait nier qu'elle avait l'air... différente. Plus raffinée. Plus maîtrisée.

Elle détestait à quel point elle aimait ça.

Miss Everwood entra dans la pièce, l'observant silencieusement un moment avant de parler. — Vous êtes magnifique.

Elle ricana, bien qu'il n'y eût pas de réelle animosité derrière. — J'ai l'air ridicule.

— Pas du tout, répondit Miss Everwood. Vous avez l'air d'une femme qui prend conscience de sa valeur.

Elle ne répondit pas, les yeux toujours rivés sur le

reflet dans le miroir. La femme qui la regardait était à la fois familière et étrangère, une version d'elle-même qu'elle n'avait jamais imaginée.

L'idée lui vint qu'elle pourrait peut-être finalement devenir cette femme.

L'atmosphère dans la maison avait changé, et tout le monde savait pourquoi. Les domestiques parlaient à voix basse, lui jetant des regards, conscients que quelque chose avait changé.

Ce n'était un secret pour personne que le maître s'était entiché d'elle, et si certains membres du personnel étaient remplis d'envie, d'autres la regardaient avec quelque chose proche de l'admiration.

Être dans sa position, élevée de femme de chambre à quelque chose de plus, même si personne n'osait le dire à haute voix, était un destin rare et enviable. La chambre de Zelena avait également été déplacée, maintenant dans un coin plus spacieux et ensoleillé de la maison, loin des quartiers exigus où dormaient les autres femmes de chambre.

Elle ne récurait plus les sols ni ne lavait le linge ; ses journées étaient désormais entièrement consacrées à l'apprentissage, à la lecture, à l'écriture, à l'étiquette et aux langues, la façonnant en quelque chose de plus raffiné.

C'était une sensation étrange de ne pas travailler, mais d'être formée pour quelque chose d'entièrement différent. En se promenant dans la propriété, elle remarqua qu'Earl, le sbire à grande gueule qui avait toujours un commentaire grivois à partager, avait disparu.

Personne ne parlait de lui, et bien qu'elle n'ait jamais su ce qu'il était devenu, elle avait une idée. Le maître s'assurait que les choses étaient gérées discrètement quand cela lui convenait.

CHAPITRE-14

~

*L*es jours se transformèrent en semaines, et les leçons avec Miss Everwood devinrent une constante dans sa vie. Chaque matin, elle se levait à l'aube, s'exerçant à tout, de la manière de servir le thé à celle de répondre à une invitation avec élégance.

Les progrès étaient lents, frustrants, et parsemés de moments où elle faillit tout abandonner.

L'homme riche, *son* homme, comme elle avait commencé à penser à lui dans des moments de quiétude volés, observait de loin, lui laissant l'espace de s'adapter.

Chaque fois qu'elle se sentait prête à partir, à redevenir celle qu'elle était, sa présence constante la maintenait ancrée.

Un après-midi, Miss Everwood lui apprenait à faire la révérence. Ses genoux tremblaient tandis qu'elle s'abaissait, essayant d'imiter la grâce d'une femme qui avait connu ce monde toute sa vie.

— Non, non, corrigea doucement Miss Everwood, guidant ses épaules pour les remettre en place. C'est une question d'équilibre. Ne luttez pas contre votre corps, faites-lui confiance.

— J'essaie, marmonna-t-elle, frustrée. Mais ce n'est pas naturel. Je veux dire, ce n'est pas naturel, se corrigea-t-elle.

Miss Everwood sourit légèrement. — Ça n'a pas besoin de sembler naturel. Il faut juste que ça vous ressemble. Vous ne devenez pas quelqu'un d'autre, vous affinez qui vous êtes déjà.

Elle soupira, se redressant et secouant ses bras. — Je ne sais pas si j'y arriverai un jour.

— Vous y arriverez, la rassura Miss Everwood en reculant. Mais vous devez arrêter de penser que vous changez qui vous êtes. Pensez plutôt que vous ajoutez des outils à votre arsenal. Vous avez survécu tout ce temps. Imaginez ce que vous pourrez faire quand le monde ne vous verra plus comme une survivante, mais comme une force.

Ces mots résonnèrent en elle longtemps après la fin de la leçon.

Ce soir-là, après une autre journée épuisante, elle se tenait devant les grandes fenêtres donnant sur le jardin, regardant le coucher de soleil.

Le ciel était un tourbillon de couleurs, orange, rose, violet, mais elle le remarquait à peine. Son esprit était une tempête de pensées, de doutes et de sentiments inexplicables.

Il vint se tenir à côté d'elle, d'abord silencieux, se contentant de l'observer comme il le faisait souvent. Elle pouvait sentir son regard sur elle comme toujours. Après ce qui sembla une éternité, il parla enfin.

— Comment se passent les leçons ?

Elle ne se retourna pas pour le regarder. — C'est difficile. J'ai l'impression d'essayer d'être quelque chose que je ne suis pas.

Il fronça les sourcils. — Que veux-tu dire ?

Elle serra les poings, sa frustration montant à la surface. — Tout ça... dit-elle en faisant un geste vague vers l'élégante robe qu'elle portait, ses cheveux soignés, ses ongles parfaitement polis. Ce n'est pas moi. Je ne sais pas comment être ça.

Il s'approcha, sa voix douce mais ferme. — Je ne veux pas que tu sois quelqu'un d'autre que qui tu es.

— Alors pourquoi fais-tu ça ? lança-t-elle en se tournant vers lui. Ses yeux brillaient du feu qui l'avait maintenue en vie si longtemps. Pourquoi essaies-tu de me transformer en une dame que je ne serai jamais ?

Il la prit par les épaules, son emprise douce mais ferme. — Parce que je crois en toi. Je crois que tu peux être tout ce que tu veux être. Tu es plus que ce que tu penses de toi-même.

Sa respiration se bloqua dans sa gorge. Personne n'avait jamais cru en elle auparavant. Personne ne lui avait jamais dit qu'elle pouvait être *plus*.

— Tu n'as pas à changer, continua-t-il, sa voix basse et intense. Mais si tu le veux, si tu veux être plus, je t'aiderai. Je te donnerai tout ce dont tu as besoin pour réussir. Mais il faut que tu le veuilles.

Son cœur battait dans sa poitrine, l'intensité brute de ses paroles la frappant de plein fouet. On ne lui avait jamais offert quelque chose comme ça auparavant. Un peu de liberté, oui, mais pas d'opportunité. Pas la chance de s'élever au-dessus de la vie qu'elle avait toujours connue.

Les larmes lui montèrent aux yeux, et elle essaya de les chasser. Elle ne voulait pas être vulnérable, pas devant lui. Mais les murs qu'elle avait construits autour d'elle s'effondraient sous son regard.

— Parfois, je me demande si tu ne perds pas ton temps parce que je ne sais pas si j'en suis capable, chuchota-t-elle, sa voix tremblante.

— Tu en es capable, dit-il en écartant une mèche de cheveux de son visage. Je le sais.

Le lendemain, quelque chose changea en elle. Elle se réveilla avec un sentiment de détermination renouvelé, bien que la peur subsistât encore au fond de son esprit.

Elle n'était pas sûre d'être prête à devenir la femme qu'il voyait en elle, mais elle était disposée à essayer.

Miss Everwood remarqua immédiatement le changement.

— Vous vous tenez plus droite aujourd'hui, fit-elle remarquer alors qu'elles commençaient leur leçon. Quelque chose vous préoccupe ?

Elle haussa les épaules, un léger sourire tirant le coin de ses lèvres. — Je suppose que je viens de réaliser... que peut-être je peux y arriver.

Miss Everwood sourit, ses yeux brillant d'approbation. — C'est la première étape. Croire en soi.

La leçon ce jour-là portait sur la conversation, comment parler avec assurance et comment interagir avec les autres dans la bonne société. C'était quelque chose avec lequel elle avait du mal, ayant passé la plus grande partie de sa vie à éviter l'attention plutôt qu'à la commander.

— Souviens-toi, lui enseigna Miss Everwood, tu n'es inférieure à personne à qui tu parles. Tu as le droit d'être entendue.

Elle répéta ces mots dans son esprit, essayant de les intérioriser. *J'ai le droit d'être entendue. C'était difficile à réaliser quand on était née dans l'esclavage. La société s'était assurée que son droit d'être entendue soit anéanti.*

Les mots semblaient étrangers sur sa langue, mais plus elle les disait, plus elle commençait à y croire.

Sa transformation ne consistait pas seulement à apprendre à s'habiller ou à parler comme une dame, mais aussi à découvrir un nouveau pouvoir.

Pendant si longtemps, elle s'était fiée à ses instincts pour survivre, à sa capacité à se fondre dans l'ombre et à passer inaperçue. Mais maintenant, elle apprenait à se démarquer, à prendre le contrôle d'une pièce par sa présence.

Elle testa sa nouvelle confiance un soir pendant le dîner. Les domestiques avaient dressé la table avec de la belle porcelaine, et la lumière des bougies scintillait doucement contre les verres en cristal.

Il était assis en bout de table, l'observant tandis qu'elle coupait soigneusement son repas, chaque mouvement délibéré et mesuré.

Ce n'était pas seulement la façon dont elle se comportait, mais aussi la façon dont elle parlait. Quand il lui posait une question, elle ne marmonnait pas sa réponse et ne détournait pas les yeux. Elle le regardait directement dans les yeux et parlait avec clarté, sa voix stable et forte.

— Tu apprends vite, remarqua-t-il, avec une pointe d'admiration dans la voix.

Elle sourit, sentant une vague de fierté. — J'imagine que j'ai un excellent professeur.

Ses yeux s'assombrirent légèrement tandis qu'il la regardait, et elle sentit la tension entre eux se transformer en quelque chose de plus intense. Il y avait maintenant une nouvelle dynamique entre eux.

Il n'était plus seulement l'homme qui l'avait sauvée de la rue ; il était celui qui guidait sa transformation. Dans le processus, cependant, elle le changeait aussi.

Alors que le repas continuait, elle rit, un son qui la surprit elle-même. C'était une petite chose, mais cela marquait un tournant. Elle ne faisait plus que survivre ; elle commençait à vivre.

CHAPITRE-15

*L*es jours passèrent et, à chaque leçon, chaque conversation, elle sentait l'ancienne version d'elle-même s'évanouir. Non pas qu'elle perdait son identité, mais elle se développait, s'affinait.

Miss Everwood était implacable, mais bienveillante, corrigeant sa posture, son élocution et ses mouvements avec un œil aiguisé pour les détails.

Mais c'était lui, *l'homme* qui occupait ses pensées. Chaque soir, ils partageaient des repas, des conversations et des regards furtifs qui en disaient plus long qu'une simple curiosité.

La tension entre eux s'épaississait comme un orage qui attendait d'éclater, et elle pouvait la sentir chaque fois que ses yeux la suivaient à travers la pièce. Contrairement à ce qu'un autre homme aurait fait, il ne s'imposait pas à elle, et elle lui était reconnaissante pour sa retenue.

Un soir en particulier, l'air était empli du parfum du

gardénia, et la maison vibrait aux sons lointains d'un bal en ville.

Il se tenait près de la cheminée, sirotant un verre de brandy, tandis qu'elle plaçait soigneusement la dernière cuillère en argent sur la table à manger. Ses mouvements étaient devenus plus gracieux, délibérés, bien qu'il y eût encore une certaine rudesse sous la surface.

— Vous semblez plus confiante, dit-il, brisant le silence.

Elle leva les yeux vers lui, croisant son regard. — Peut-être que je suis simplement fatiguée d'avoir peur.

Il sourit légèrement, hochant la tête comme s'il comprenait quelque chose de non-dit. — La peur ne vous va pas.

Ils partagèrent un moment de silence, et tandis que ses paroles s'imprégnaient en elle, elle pouvait les sentir l'envelopper comme une lourde cape. Pendant si longtemps, sa vie avait été définie par la peur.

La peur d'être prise, la peur de ne jamais être assez bien, la peur de perdre sa vie. Mais maintenant, dans cette maison, sous son regard attentif, cette peur s'estompait.

— Je n'ai pas toujours eu peur, admit-elle doucement, ses mains lissant le bord de la nappe. Avant tout ça, j'avais des rêves, des choses que je voulais pour moi-même.

Il posa son verre et traversa la pièce pour se tenir à côté d'elle. Sa présence était écrasante, mais elle ne recula pas. Au contraire, elle leva les yeux vers lui, soutenant son regard d'un air stable et défiant.

— Que vouliez-vous ? demanda-t-il, sa voix un murmure inaudible.

Elle hésita, les mots restant coincés dans sa gorge. Elle n'était pas habituée à partager ses rêves, surtout pas avec quelqu'un comme lui. Cependant, il y avait quelque chose dans sa façon de la regarder qui éveillait en elle une certaine émotion. La sécurité.

— Je voulais être plus que ce à quoi j'étais née, dit-elle finalement. Je voulais avoir le choix.

Il l'étudia pendant un long moment, son expression illisible. Puis, sans prévenir, il tendit la main et lui toucha doucement le menton, relevant son visage vers le sien.

Son souffle chaud caressa doucement sa peau tandis qu'il murmurait, lui rappelant qu'elle était bien plus qu'elle ne le pensait. — Vous avez toujours eu le choix, mais vous ne le saviez pas encore.

Son cœur battait la chamade dans sa poitrine, mais au lieu de se pencher, au lieu de franchir cette dernière ligne, il laissa retomber sa main et fit un pas en arrière.

Toujours le gentleman, mais elle commençait à en avoir assez.

~~~

Le lendemain matin, elle fut réveillée par un coup à sa porte. Miss Everwood entra avec une lueur dans les yeux, portant une robe de soie vert émeraude.

— Qu'est-ce que c'est ? demanda-t-elle, regardant la robe d'un air méfiant.

— Vous êtes invitée à un bal ce soir, expliqua Miss Everwood, accrochant la robe à l'armoire. Il est temps de mettre en pratique ce que vous avez appris.

Son estomac se noua. Un bal ? Elle ne s'attendait pas à être plongée si tôt dans la société, surtout pas dans un monde qui la jugerait sûrement pour tout ce qu'elle n'était pas.

— Je n'ai pas ma place là-bas, marmonna-t-elle, fixant la robe comme si c'était une arme destinée à la détruire.

Miss Everwood sourit. — C'est là que vous vous trompez. Vous avez votre place là où vous décidez d'être. Et ce soir, vous allez le leur montrer.

Bien sûr, Lucien devait penser qu'elle était prête.

Lucien, un nom qu'elle avait d'abord refusé d'utiliser, s'accrochant aux titres méprisants qu'elle lui avait donnés au début, « le maître », « son geôlier », et d'autres noms emplis de venin.

Il avait insisté, avec ce ton autoritaire qui le caractérisait, pour qu'elle cesse de l'appeler par ces noms horribles et utilise son vrai prénom. Au début, cela lui avait semblé étrange sur sa langue, comme porter des chaussures qui n'allaient pas tout à fait.

Avec le temps, cependant, elle s'y était habituée, et maintenant, chaque fois qu'elle disait « Lucien », une étrange chaleur s'insinuait dans sa voix qu'elle ne comprenait pas vraiment.

Parfois, quand elle était seule dans sa chambre, elle rêvassait et laissait son nom rouler doucement sur sa langue, ses lèvres s'incurvant en un sourire secret. C'était alarmant de voir comment son nom seul agitait ses rêves.

Au moment où les doigts de Zelena effleurèrent le tissu de la robe, elle ressentit un étrange frisson dans sa poitrine. C'était plus doux que tout ce qu'elle avait jamais porté auparavant, la soie fraîche contre sa peau tandis que les femmes de chambre l'aidaient à l'enfiler.

Elles s'affairaient autour de l'ajustement, nouant les rubans, ajustant le corsage et lissant chaque centimètre de la robe avec précision.

Pour la première fois, elle ne portait pas les vêtements ordinaires d'une femme de chambre, mais quelque chose destiné à la transformer. Et pourtant, en se regardant dans le miroir, une partie d'elle ne pouvait s'empêcher de se sentir comme une imposture.

— Ce n'est pas moi, pensa-t-elle, sa main tremblant légèrement en touchant la délicate dentelle à son encolure.

Zelena avait passé sa vie à survivre, volant pour se nourrir, et fuyant les dangers qui menaçaient de la consumer.

Elle ne s'était jamais imaginée habillée comme une dame, sur le point d'entrer dans un monde qui lui avait été refusé pendant si longtemps. L'espace d'un instant, elle hésita. Verraient-ils à travers elle ? Sauraient-ils que sous la soie et la poudre, elle était toujours une fugitive, quelqu'un qui n'avait pas sa place ?

Les femmes de chambre bavardaient avec excitation en ajoutant les touches finales, mais Zelena se sentait distante, comme si elle regardait quelqu'un d'autre passer par ces mouvements. Elle essaya de se tenir droite, d'adopter l'élégance sur laquelle Lucien avait insisté.

C'était dans son monde à lui qu'elle allait entrer, après tout. L'homme qui avait été autrefois son geôlier était maintenant son... quoi ? Protecteur ? Amant ? Cela ne convenait pas vraiment, puisqu'ils ne s'étaient qu'embrassés. Elle ne savait pas comment l'appeler. C'était lui qui avait choisi cette robe, choisi cette soirée, et choisi elle.

Quand ils étaient arrivés au bal, Lucien avait l'air en tous points du noble qu'il était. Son manteau était d'un bleu profond, parfaitement ajusté à sa large carrure. Le jabot à son cou était noué avec soin, et ses cheveux noirs étaient brossés en arrière, accentuant les lignes tranchantes de sa mâchoire.

Il avait l'air si raffiné, si puissant, et tandis qu'elle le regardait du coin de l'œil, son estomac se nouait à la fois de nervosité et de quelque chose d'autre. Du désir. Elle détestait l'admettre, mais il l'excitait d'une manière que personne n'avait jamais fait auparavant.

Le trajet en voiture avait été silencieux, son cœur battant de plus en plus fort à chaque seconde qui passait. À leur arrivée au grand domaine, il y eut un changement notable dans l'air, chargé d'anticipation.

Lucien était descendu en premier, ses mouvements gracieux et imposants. Puis il s'était retourné et lui avait offert sa main. Elle la fixa un moment, sachant qu'une fois qu'elle la prendrait, il n'y aurait plus de retour en arrière.

Zelena hésita alors que son pied flottait au-dessus du bord du carrosse, son cœur battant la chamade. Elle pouvait déjà sentir les regards de la foule sur eux. Des chuchotements se propageaient dans l'air nocturne.

L'espace d'un instant, sa confiance vacilla. Pouvait-elle faire cela ? Pouvait-elle vraiment entrer dans ce monde et jouer le rôle d'une dame ?

Sentant son hésitation, l'étreinte de Lucien sur sa main se resserra très légèrement, la stabilisant. Ses yeux rencontrèrent les siens, une assurance silencieuse passant entre eux. Elle se redressa, prenant une profonde inspiration, et descendit.

Les murmures s'intensifièrent alors qu'ils se dirigeaient vers l'entrée. Les gens regardaient, bien sûr. Une femme noire, habillée comme une dame, au bras d'un homme blanc riche, c'était scandaleux, inouï.

Elle pouvait sentir leurs regards brûlants sur elle, certains par curiosité, d'autres avec un mépris évident. Mais elle releva le menton et laissa Lucien la guider, même si son cœur menaçait de battre hors de sa poitrine. Pendant un instant, tout le reste s'estompa.

Le manoir se dressait devant elle, sa façade grandiose brillant dans la lumière du soir. En franchissant les portes, elle réalisa que ce n'était plus la maison ou les gens qu'elle craignait, mais la façon dont la main de Lucien sur son bras la faisait se sentir plus ancrée qu'elle ne l'avait jamais été.

Elle entra la première, comme il le lui avait indiqué, ses jupes balayant le sol, la tête haute. La mer de visages se brouilla alors que la musique de la salle de bal flottait vers elle, une symphonie étourdissante de violons.

Le pouls de Zelena s'accéléra, mais elle ne vacilla plus. Elle était là. En cet instant, elle était plus qu'elle n'avait jamais osé rêver.

La salle de bal était un flou de robes de soie et de

chaussures cirées, le son de la musique et des rires emplissant l'air. Elle se tenait près de l'entrée, regardant la scène étincelante se dérouler devant elle comme un rêve.

Son cœur battait la chamade, et elle sentait l'impact de tous les regards de la salle sur elle, bien que la plupart fussent trop absorbés dans leurs propres mondes pour la remarquer.

Il apparut à côté d'elle, sa présence l'ancrant au milieu du tourbillon d'émotions.

— Nerveuse ?

Elle força un sourire, sa voix plus assurée qu'elle ne se sentait.

— J'ai vécu pire.

Il rit doucement, ses yeux ne quittant jamais son visage.

— Tu t'en sortiras très bien. Souviens-toi, la tête haute, les épaules en arrière. Tu peux le faire.

Les mots étaient simples, mais ils portaient un poids de réconfort qu'elle n'avait pas attendu. Et ainsi, avec une profonde inspiration, elle s'avança, entrant dans la fosse aux lions la tête haute.

La soirée fut un tourbillon de présentations, de conversations et de regards subtils de femmes qui la remarquaient, d'hommes qui essayaient de comprendre qui elle était.

Il avait essayé de danser avec elle, mais elle avait refusé parce qu'elle n'était pas sûre d'elle-même. Elle ne pensait pas que la danse qu'elle connaissait conviendrait à ces gens élégants.

À un moment donné, il l'avait mise à l'écart, la conduisant sur le balcon où l'air frais de la nuit embrassait ses joues rougies. Ils restèrent silencieux un moment, les sons du bal s'estompant derrière eux.

— Tu t'es bien débrouillée ce soir, dit-il, sa voix basse et approbatrice.

— J'ai à peine réussi à tenir, répondit-elle en secouant la tête.

Il se tourna vers elle, son expression sérieuse.

— Non, tu as fait plus que ça. Tu as prouvé que tu as ta place ici.

Ses yeux s'écarquillèrent légèrement. Pendant si longtemps, elle s'était sentie comme une étrangère, quelqu'un qui ne s'intégrait pas dans ce monde de richesse et d'élégance. Mais ce soir, quelque chose avait changé.

Alors que la nuit touchait à sa fin, ils retournèrent à la maison dans un silence confortable. Elle était fatiguée, mais un étrange sentiment d'accomplissement s'installait en elle. Elle avait affronté le bal, et bien que cela ait été terrifiant, elle en était ressortie plus forte.

Avant qu'elle ne puisse se retirer dans sa chambre, il attrapa sa main, l'arrêtant dans le couloir faiblement éclairé.

— Attends.

Elle se retourna pour lui faire face, son cœur soudainement dans sa gorge.

Il hésita un moment, comme s'il choisissait soigneusement ses mots.

— Je voulais juste dire... Je suis fier de toi.

Son souffle se bloqua dans sa poitrine. Personne ne lui avait jamais dit cela auparavant, pas d'une manière qui semblait réelle, en tout cas. L'émotion dans ses yeux, la sincérité dans sa voix, tout cela la faisait se sentir... vue.

— Je..., commença-t-elle, incertaine de comment répondre. Mais au lieu de finir sa phrase, elle s'approcha, sa main toujours dans la sienne.

Pendant un moment, ils restèrent ainsi, proches, mais sans se toucher, la tension entre eux pleine de désir. Le monde s'estompa, ne laissant que les deux dans cet espace calme et intime.

Et puis, avant qu'elle ne puisse se remettre en question, elle se pencha, pressant ses lèvres contre les siennes dans un baiser doux et hésitant. Au moment où leurs bouches se touchèrent, une décharge électrique la traversa, allumant quelque chose de profond en elle.

Lucien se figea pendant un bref instant, clairement pris au dépourvu par son audace. Mais ensuite, avec un grognement sourd, il répondit. Ses bras l'entourèrent, l'attirant plus près, et il lui rendit son baiser avec ferveur, laissant s'échapper toute la retenue qu'il avait maintenue jusqu'alors.

Le baiser s'approfondit, ses lèvres se mouvant sur les siennes avec une faim qui reflétait la sienne. Ils étaient perdus l'un dans l'autre.

Il ne désirait rien de plus que de la soulever et de l'emporter, de l'emmener dans l'intimité de sa chambre et de finalement laisser la passion qui s'était construite entre eux les consumer tous les deux.

Ses mains se resserrèrent autour de sa taille, son corps se pressant contre le sien d'une manière qui rendait ses désirs parfaitement clairs. Chaque fibre de son être la désirait ardemment, et pendant un moment, il faillit céder.

Mais alors, aussi soudainement que le baiser avait commencé, Lucien se recula. Sa respiration était saccadée, ses yeux sombres de désir alors qu'ils la fixaient.

Sa poitrine se soulevait et s'abaissait, et elle pouvait sentir l'énergie brute vibrant entre eux. Il la voulait, mais il résista une fois de plus, se forçant à reprendre le contrôle.

— Nous ne pouvons pas, murmura-t-il, bien que sa voix fût rauque d'émotion. Pas ici. Pas encore.

Le cœur de Zelena battait la chamade dans sa poitrine, ses lèvres picotant encore du baiser, mais elle hocha la tête, comprenant le poids de la situation. Pourtant, en le regardant, elle pouvait voir le combat qu'il menait en lui-même, la guerre entre son désir pour elle et le monde dans lequel ils vivaient.

Elle avait éveillé quelque chose en lui, quelque chose qu'aucun d'eux ne pouvait ignorer, et elle savait que ce n'était qu'une question de temps avant qu'ils ne cèdent.

Le feu entre eux était à peine contenu, mais il était déterminé à ce qu'elle vienne à lui, mais pas par gratitude.

CHAPITRE-16

*Les premiers rayons du soleil filtraient à travers les rideaux, mais elle était éveillée dans son lit, l'esprit en ébullition. Le baiser persistait dans son esprit, une sensation dont elle ne pouvait se défaire. Il avait été bref, mais l'avait ébranlée jusqu'au plus profond de son être. *Elle savait qu'elle était déjà trop loin.*

Son cœur battait la chamade, empli d'incertitude, et une partie d'elle voulait rester cachée sous les couvertures, loin de la réalité à laquelle elle devait maintenant faire face. Cependant, elle n'avait pas le temps de s'attarder, car elle avait des leçons à suivre, des devoirs à accomplir, et il l'attendrait.

Elle se leva, s'habilla soigneusement et descendit, ses pas plus légers qu'ils ne l'avaient été depuis des jours.

En approchant de la salle à manger, elle hésita juste

devant la porte, entendant des voix à l'intérieur. C'était lui et Mademoiselle Everwood.

— Elle progresse rapidement, disait Mademoiselle Everwood. Mais il y a encore beaucoup à lui apprendre si vous voulez qu'elle soit prête.

— Elle est plus que capable, répondit-il, sa voix ferme, bien qu'il y eût une chaleur dans son ton qui fit bondir son cœur. Je sais qu'elle sera prête.

Prête pour quoi ? Elle sentit son pouls s'accélérer et entra lentement dans la pièce, son arrivée interrompant leur conversation.

Tous deux se tournèrent vers elle, et pendant un instant, l'air dans la pièce sembla se figer. Il se tenait à la tête de la table, son regard se verrouillant sur le sien, et elle vit quelque chose vaciller dans ses yeux, du désir, mais cela disparut aussi vite que c'était apparu.

— Bonjour, dit-elle, essayant de garder une voix égale.

— Bonjour, répondit-il, son expression indéchiffrable. Nous étions justement en train de discuter de vos progrès.

Mademoiselle Everwood lui sourit, offrant un hochement de tête approbateur. — Vous avez fait beaucoup de chemin. Nous continuerons à travailler sur la conversation et l'étiquette, et ensuite peut-être... nous commencerons à vous initier à certains des aspects les plus raffinés de la société.

Elle se redressa et refusa de se laisser submerger par la pression. — Je ferai de mon mieux.

Au fil de la journée, elle remarqua la subtile distance

qu'il maintenait. Il avait toujours été attentif, mais maintenant, il y avait une retenue dans ses actions, comme s'il se retenait délibérément.

Elle se demandait qui il était vraiment, plus souvent qu'elle ne voulait l'admettre. Pourquoi avait-il choisi de l'amener ici, de l'instruire, de l'élever ? Les questions tourbillonnaient dans son esprit, mais elle les gardait pour elle, sachant que les poser ne ferait que compliquer les choses.

Les leçons continuaient, et Mademoiselle Everwood la formait dans les moindres détails, de la manière appropriée de s'adresser aux invités à l'art délicat de maintenir une conversation sans trop en révéler. Ce n'étaient pas seulement les leçons qui occupaient ses pensées.

Chaque fois que leurs regards se croisaient, elle sentait l'attraction entre eux. C'était comme une tempête qui couvait juste sous la surface, sa surface en particulier, attendant le bon moment pour éclater.

Plus tard dans la soirée, après des heures de pratique avec Mademoiselle Everwood, elle prit un moment pour elle-même, sortant dans le jardin pour prendre l'air. La nuit était fraîche, les étoiles scintillaient au-dessus, et elle respira profondément, savourant le calme.

Mais elle ne resta pas seule longtemps.

Il apparut des ombres, sa présence indéniable alors qu'il s'approchait d'elle. Elle se tourna pour lui faire face, les lèvres légèrement entrouvertes.

— Je ne voulais pas interrompre votre conversation

tout à l'heure, dit-il doucement, sa voix basse et intime dans le calme du jardin. J'avais juste... besoin d'un moment.

Elle hocha la tête, ne sachant pas quoi dire. L'espace entre eux semblait chargé, la tension non dite suspendue dans l'air. Pendant un long moment, aucun d'eux ne parla.

Finalement, il rompit le silence. — À propos d'hier soir...

Elle se figea. C'était le moment qu'elle avait redouté et espéré à parts égales.

— Hier soir, continua-t-il, c'était... inattendu. Mais j'ai besoin que vous compreniez quelque chose.

Elle se prépara, son cœur battant dans ses oreilles.

— Vous êtes importante pour moi, dit-il, ses yeux cherchant les siens. Mais je ne veux pas que vous ayez l'impression de me devoir quoi que ce soit. Ce qui s'est passé entre nous, ce qui pourrait se passer, doit être votre choix.

Ses yeux s'élargirent de surprise. De toutes les choses qu'il aurait pu dire, elle ne s'attendait pas à cela.

Il fit un pas de plus, son regard intense. — Je ne veux pas que vous pensiez que juste parce que je vous enseigne, juste parce que je vous ai fait entrer dans mon monde, que vous êtes obligée de... de me donner quoi que ce soit en retour.

Elle cligna des yeux, essayant de comprendre ses paroles. — Je... je n'ai jamais pensé cela.

Ses épaules se détendirent légèrement, comme si ses mots avaient levé un poids de lui. — Bien. Parce que la dernière chose que je veux, c'est que vous vous sentiez piégée.

Elle secoua la tête, sa voix douce. — Je ne me sens pas piégée. Je... je ne sais simplement pas ce que c'est que je ressens.

Il s'approcha encore plus près, sa main s'avançant pour écarter une mèche de cheveux de son visage. — Moi non plus, admit-il, sa voix à peine plus qu'un murmure. Mais je veux le découvrir.

Le contact persistant de ses doigts contre sa peau eut un effet profond sur elle, la faisant fondre une fois de plus en sa présence. L'écart entre eux semblait se réduire, et sans hésitation, elle se rapprocha instinctivement, cédant à la chaleur de son toucher.

Non, elle ne se sentait pas du tout piégée.

Le baiser qui suivit fut lent, délibéré, rien à voir avec le baiser impulsif de la nuit précédente. Cette fois, il n'y avait ni hésitation, ni remise en question. C'était réel, et c'était mutuel.

Pendant un instant, le monde s'effaça, ne laissant qu'eux deux dans le jardin silencieux, les étoiles au-dessus étant témoins de leur connexion grandissante.

Lorsqu'ils se séparèrent enfin, leurs souffles se mêlant dans l'air frais de la nuit, elle ressentit une étrange sensation de paix l'envahir. Il y avait encore tant d'incertitudes, tant de choses que ni l'un ni l'autre n'avaient dites, mais pour la première fois, elle sentait qu'ils étaient d'accord, qu'ils étaient tous deux prêts à voir où cela les mènerait.

— Je ne te pousserai pas, dit-il doucement, sa main

toujours posée sur sa joue. Mais je ne ferai pas semblant de ne pas vouloir plus.

Elle sourit faiblement, le cœur empli d'émotions qu'elle n'avait pas anticipées. — Je ne suis pas sûre de ce que je veux encore. Mais... je suis prête à essayer.

Ses yeux s'assombrirent d'émotion, et il hocha la tête, reculant pour lui laisser de l'espace. — C'est tout ce que je demande.

CHAPITRE-17

*A*ssise nerveusement dans la chaleur du salon, elle attendait son nouveau précepteur.

Une semaine s'était écoulée depuis cette nuit dans le jardin, et bien qu'ils aient partagé des moments volés depuis, ils n'avaient pas eu d'autres discussions sur leur avenir.

Au lieu de cela, il avait précisé que sa transformation en dame était désormais une priorité.

Son esprit bourdonnait d'incertitude alors qu'elle imaginait à quoi pourrait ressembler ce précepteur. Serait-il aussi sévère que Mlle Everwood ? Offrirait-il la même compréhension silencieuse qu'elle lui avait montrée ?

La porte grinça en s'ouvrant, et un homme grand et mince à l'expression sévère entra. Sa tenue était impeccable, ses lunettes parfaitement perchées sur son nez. Ses yeux froids et évaluateurs la balayèrent du regard, la faisant se sentir petite sur son siège.

Il s'inclina légèrement. — Mademoiselle, je suis M. Abernathy. Je vais vous instruire en matière de langage, d'étiquette et de conduite sociale appropriée.

Sa voix était douce, mais portait un poids d'autorité qui lui donna des frissons. Elle pouvait sentir le défi dans son ton, comme s'il la mettait au défi d'échouer.

— Je ferai de mon mieux, répondit-elle d'une voix faible mais ferme.

Les leçons commencèrent immédiatement, et il devint rapidement évident que M. Abernathy ne tolérerait rien de moins que la perfection. Il corrigeait sa prononciation sans relâche, la forçait à réciter des phrases complexes et la faisait travailler sur tout, de la posture aux salutations appropriées.

Comparée à lui, Mlle Lillian était une débutante. Chaque faux pas semblait être une petite défaite, et à la fin de la journée, son corps était douloureux et son esprit fatigué.

Il observait de loin, son expression illisible, tandis que M. Abernathy la réprimandait pour une erreur mineure de grammaire. Il n'y avait aucun réconfort, aucune douceur dans la façon dont le précepteur la traitait, mais il était clair que c'était nécessaire.

Elle détestait ça. Chaque mot sur lequel elle trébuchait, chaque correction, semblait être une atteinte à sa fierté. Mais plus que tout, elle détestait se sentir faible devant lui.

L'homme qui l'avait embrassée sous les étoiles la regardait maintenant lutter pour devenir quelque chose qu'elle n'était pas sûre de pouvoir être. Elle s'était enorgueillie de ses progrès, mais il était clair qu'elle avait encore un long chemin à parcourir. Un très long chemin.

Les jours se transformèrent en semaines, et la pression augmenta. Chaque leçon ressemblait à un champ de bataille, et chaque soir, elle se retrouvait plus épuisée que la veille.

La patience de M. Abernathy s'amenuisait face à sa résistance, bien qu'elle pût voir qu'il tirait une étrange satisfaction à la briser, petit à petit.

Un après-midi, après une nouvelle séance épuisante, elle craqua.

— J'suis pas une dame, cracha-t-elle, sa voix rauque de frustration la faisant revenir à sa façon de parler d'origine. Ça n'a pas d'importance combien d'mots vous m'balancez. J'parlerai jamais comme ces gens riches.

Les yeux de M. Abernathy se plissèrent, ses lèvres se pinçant de désapprobation. — Si vous ne pouvez pas vous adapter, Mademoiselle Zelena, alors vous ne faites que perdre le temps de tout le monde.

Elle n'était pas assez bien, pas pour M. Abernathy, pas pour la société, et peut-être jamais pour Lucien. Les larmes lui piquaient les yeux, mais elle refusa de les laisser couler. Elle ne donnerait pas à M. Abernathy la satisfaction de la voir craquer.

Alors que sa colère montait, sa détermination aussi. Elle avait survécu à trop de choses pour laisser cet homme, ou n'importe qui d'autre, lui dire ce qu'elle ne pouvait pas être.

Elle prit une profonde inspiration, se calmant. — Je le ferai. J'apprendrai tout. Mais je le ferai à ma façon.

Ce soir-là, elle se retrouva seule avec lui pour la première fois depuis des jours. Il avait observé son échange enflammé avec M. Abernathy depuis l'ombre, son visage illisible, comme toujours.

— J'ai entendu parler de ce qui s'est passé aujourd'-hui, dit-il doucement en entrant dans la pièce, la chaleur du feu projetant des ombres vacillantes sur son visage.

Son cœur fit un bond, et elle se redressa, refusant de montrer la moindre faiblesse. — Eh bien... Je n'aban-donne pas, peu importe à quel point cet homme essaie de me faire craquer.

Il sourit faiblement, s'approchant jusqu'à ce que la chaleur de son corps semble irradier vers elle. — Je n'ai jamais douté de toi.

Ses mots étaient simples, mais ils la remplirent d'une force tranquille. Pendant un instant, elle vit l'homme qui l'avait embrassée sous les étoiles, l'homme qui avait empêché ses hommes de main de lui faire du mal ce jour fatidique où ils s'étaient rencontrés.

Mais il y avait encore tant de choses non dites entre eux.

CHAPITRE-18

Des semaines s'étaient écoulées depuis son échange enflammé avec M. Abernathy, et bien que les leçons restaient aussi éprouvantes que jamais, quelque chose avait changé en elle.

Elle avait abordé chaque défi non pas avec frustration, mais avec détermination. Son élocution était devenue moins rude, sa posture plus assurée, bien qu'il lui fût encore difficile de lutter contre les habitudes qu'elle avait gardées si longtemps.

Les matinées étaient remplies d'interminables répétitions, de mots, de phrases, de gestes qui lui semblaient étrangers, mais elle persévérait, ne serait-ce que pour se prouver qu'elle en était capable.

Un après-midi, alors qu'elle s'exerçait avec M. Abernathy, elle remarqua que ses phrases coulaient plus naturellement. Elle ne trébuchait plus sur les mots, et ses manières, bien que n'étant pas parfaites, montraient des signes prometteurs.

Sa plus grande prise de conscience survint lorsqu'elle se surprit à corriger son propre discours sans y penser.

Sa fierté face à cette petite victoire fut de courte durée lorsque M. Abernathy hocha brièvement la tête, sa version de l'approbation. — Mieux, dit-il sèchement, passant à l'exercice suivant.

Mais dans son cœur, elle savait qu'elle commençait enfin à changer.

Plus tard cette semaine-là, elle fut convoquée dans la salle de bal. Un endroit qu'elle n'avait jamais fait que nettoyer auparavant, maintenant transformé en terrain d'entraînement pour ses leçons d'étiquette.

La grandeur de la pièce, avec ses murs dorés et ses lustres scintillants, était intimidante.

Elle entra avec précaution, ses yeux balayant l'opulence. La robe qu'elle portait, l'un des beaux vêtements qu'il lui avait fournis, lui semblait étrange sur le corps, contraignante et délicate d'une manière à laquelle elle n'était pas habituée.

Il se tenait près de la fenêtre, l'attendant. Lorsqu'il se tourna pour lui faire face, ses yeux parcoururent sa silhouette avec une subtile appréciation, bien qu'il ne dît rien. Au lieu de cela, il s'avança, lui offrant sa main dans une invitation silencieuse à danser.

Son pouls s'accéléra, non par peur, mais par une anticipation nerveuse. Elle n'avait jamais dansé auparavant, pas d'une manière qui correspondait au monde dont il venait.

Ce qui s'en rapprochait le plus pour elle, c'était de se balancer dans l'ombre de tavernes mal éclairées, bougeant au rythme de violons ivres.

Elle hésita avant de glisser sa main dans la sienne.

— Nous irons doucement, dit-il doucement, la guidant vers le centre de la pièce. Sa prise était ferme mais douce, et la chaleur de sa main semblait s'infiltrer à travers sa peau, la rendant extrêmement consciente de chaque mouvement.

Alors qu'ils bougeaient, la distance entre eux diminua, leurs corps s'ajustant plus naturellement qu'elle ne l'avait prévu. Elle essaya de suivre son lead, maladroitement au début, mais au fil des minutes, elle s'adapta aux pas. La douce musique tourbillonnait autour d'eux, et pour la première fois depuis des semaines, elle se sentit presque gracieuse.

Mais même en se concentrant sur ses pas, son esprit vagabondait vers lui et la façon dont il la tenait, l'intensité de son regard. C'était plus qu'une leçon. Il y avait une tendresse dans sa façon de la toucher, quelque chose qui allait au-delà de la surface.

Alors que la danse touchait à sa fin, ils restèrent debout, proches l'un de l'autre, leurs souffles légèrement irréguliers à cause de l'effort. Il ne lâcha pas immédiatement sa main, soutenant plutôt son regard.

— Vous vous améliorez, dit-il doucement, sa voix basse et feutrée, comme s'ils partageaient un secret. Vous avez fait beaucoup de progrès.

Elle leva les yeux vers lui, sa poitrine se serrant d'un mélange de fierté et d'incertitude. — C'est difficile, chuchota-t-elle. Ce monde... il est difficile d'y appartenir.

Il s'approcha, sa main lui relevant le menton. — Vous appartenez là où vous choisissez d'être.

Son souffle se coupa à la chaleur de son contact. Pour la première fois depuis des semaines, elle ressentit un sentiment d'espoir que peut-être, juste peut-être, il avait raison. Mais il y avait encore une partie d'elle qui ne pouvait pas y croire.

— Je ne sais même plus qui je suis, admit-elle, sa voix à peine plus qu'un murmure. Toutes ces leçons... tous ces changements... c'est comme si je me perdais moi-même.

Il fronça les sourcils, sa main s'immobilisant contre sa joue. — Vous ne vous perdez pas. Vous devenez plus celle que vous êtes destinée à être.

Il y avait une intensité dans ses paroles qui fit battre son cœur plus vite. Il voyait quelque chose en elle, quelque chose qu'elle n'avait pas vu en elle-même depuis si longtemps. Mais plus que cela, il lui donnait la chance de le trouver.

— Et si je ne voulais pas de ça ? demanda-t-elle, sa voix tremblante. Et si je ne pouvais jamais être la femme que vous voulez que je sois ?

Ses yeux s'adoucirent, et il s'approcha jusqu'à ce que leurs corps se touchent presque. — Je ne veux pas que vous soyez autre chose que ce que vous êtes. Je veux seulement que vous soyez qui vous êtes... quelle que soit cette personne.

Ses paroles s'installèrent profondément en elle, remplissant les espaces vides qui avaient été creusés par des années de lutte et de survie. Pour la première fois de sa vie, elle se sentit vue, vraiment comprise, et cela la terrifiait, mais cela lui donnait aussi un étrange sentiment de liberté.

Au cours des jours suivants, leurs leçons devinrent une danse à part entière, chaque moment rempli d'émotions non exprimées.

Il l'observait pendant ses séances de tutorat, ses yeux suivant ses mouvements comme s'il essayait de déchiffrer la personne qu'elle devenait. Et en retour, elle se surprenait à le regarder plus souvent, se demandant où tout cela mènerait, même si elle le savait déjà.

Un soir, après une journée épuisante de leçons, elle se retrouva debout sur la véranda, contemplant les jardins étendus du domaine.

L'air frais de la nuit caressait sa peau, et elle s'entoura de ses bras, perdue dans ses pensées.

Elle ne l'entendit pas approcher jusqu'à ce qu'il se tienne à côté d'elle.

— Vous n'arrivez pas à dormir ? demanda-t-il doucement.

Elle secoua la tête, son regard toujours fixé sur les jardins baignés de clair de lune. — Trop de choses auxquelles penser.

Il y eut une longue pause avant qu'il ne parle à nouveau. — Vous n'êtes pas obligée de faire ça, vous savez. Si c'est trop...

— Non, l'interrompit-elle d'une voix ferme. Je le veux. Je veux... Je veux m'améliorer.

Il se tourna vers elle, son expression s'adoucissant. — Vous êtes déjà meilleure.

Son cœur tressaillit à ces mots, et elle s'autorisa à les croire. Il y avait encore tant de choses qu'elle ne comprenait pas, à propos de lui, d'elle-même, de ce que l'avenir leur réservait.

— Je ne sais pas ce qui va se passer, murmura-t-elle, levant enfin les yeux vers lui. Mais je veux essayer.

Son regard était intense. — Moi aussi.

CHAPITRE-19

*L*e lendemain matin, l'atmosphère dans la propriété était différente. Il y avait une tension qui n'existait pas auparavant.

Lorsqu'elle entra dans la salle à manger pour servir le petit-déjeuner, le calme habituel était perturbé par des voix chuchotées et des regards furtifs entre les domestiques.

Elle sut immédiatement que quelque chose avait changé.

Il ne fallut pas longtemps avant qu'elle ne découvre pourquoi.

— Ils viennent pour lui, chuchota une femme de chambre alors qu'elles se croisaient dans le couloir.

— Quoi ? demanda-t-elle, le cœur serré.

— Monsieur... les gens parlent. Ils disent qu'il a été trop indulgent en accueillant quelqu'un comme vous. Ils le surveillent maintenant.

Son estomac se noua. Les murs de la maison, autrefois un abri, semblaient maintenant se refermer sur elle.

Elle avait toujours su que la paix ne pouvait pas durer éternellement, mais elle ne s'attendait pas à ce que tout s'effondre si rapidement. Elle ne le trouvait nulle part dans la maison et s'inquiétait pour lui.

Plus tard dans la journée, il la trouva dans le bureau, où elle époussetait les étagères pour s'occuper. Son visage était fermé, son expression tendue. Il ne restait aucune trace de la tendresse de leur dernière rencontre.

— J'ai été convoqué à une réunion, dit-il d'une voix basse et maîtrisée. Ils veulent que j'explique pourquoi tu es toujours ici.

Ses mains se figèrent sur le plumeau. Elle déglutit, essayant de garder une voix stable. — Alors, qu'allez-vous faire ?

Il soupira, passant une main dans ses cheveux avec frustration. — Que puis-je faire ? Ils me mettent la pression, remettent en question mes décisions. Ils pensent que j'ai... perdu le contrôle.

Elle se hérissa, sentant une colère familière monter en elle. — À cause de moi ?

— Non, dit-il sèchement en s'approchant. Parce qu'ils ont l'esprit étroit. Ils pensent que tout doit rentrer dans leur petit monde de règles et de traditions.

— Alors que va-t-il se passer maintenant ? demanda-t-elle d'une voix plus basse.

Il la regarda longuement, son regard indéchiffrable. — Je vais les combattre. Mais tu dois être prudente et rester ici. Ils essaieront de t'utiliser pour m'atteindre.

Les jours suivants, la tension dans la propriété ne fit que croître. Les échanges autrefois faciles entre eux furent remplacés par le silence, non par colère, mais par prudence. Le monde extérieur les pressait, et cela affectait tout.

Un après-midi, alors qu'elle s'exerçait à la lecture avec M. Abernathy, ses pensées dérivèrent vers lui. Elle ne l'avait pas beaucoup vu depuis leur conversation dans le bureau, et elle pouvait sentir la distance entre eux s'élargir.

L'incertitude de leur avenir ensemble la rongeait.

Ce soir-là, elle se retrouva à nouveau dans la bibliothèque, faisant les cent pas près de la fenêtre. Elle était sur le point de partir quand elle entendit la porte grincer derrière elle.

Il entra, le visage las, comme s'il avait porté un lourd fardeau toute la journée. Sans un mot, il traversa la pièce et se tint près de la cheminée, fixant les flammes.

— J'ai réfléchi, dit-elle, sa voix brisant le silence. Peut-être... peut-être que je ne devrais plus être ici.

Il releva brusquement la tête, les yeux brillant de surprise et de quelque chose proche de la douleur. — Que veux-tu dire ?

— Je veux dire... vous risquez tout pour moi. Peut-être que ça n'en vaut pas la peine.

Il s'approcha d'elle, franchissant la distance qui les séparait en quelques enjambées rapides. — Ça en vaut la peine, dit-il fermement. Tu ne vois pas ? Tu en vaux la peine.

Elle secoua la tête, ses émotions remontant à la surface. — Mais et si, et s'ils gagnent ? Et s'ils vous font tomber à cause de moi ?

— Ils ne le feront pas, dit-il farouchement. Parce que je ne les laisserai pas faire.

L'intensité dans ses yeux était indéniable, mais elle n'était pas convaincue. — Je ne veux pas être la raison pour laquelle vous perdez tout.

Il prit doucement son visage entre ses mains, la forçant à le regarder dans les yeux. — Tu ne le seras pas. Je te l'ai déjà dit, ta place est ici, où que tu choisisses d'être. Et je veux que tu sois ici. Avec moi.

Son cœur se serra à ces mots, à la sincérité de sa voix. Elle ne s'était jamais sentie ainsi auparavant, désirée. Néanmoins, la peur de tout perdre persistait dans un coin de son esprit.

— J'ai peur, murmura-t-elle, la voix tremblante.

— Moi aussi, admit-il, son pouce caressant sa joue. Mais nous y ferons face ensemble. Si tu me le permets.

Sans avertissement, il se pencha, capturant ses lèvres dans un baiser d'abord doux, puis qui s'approfondit avec toutes les émotions qu'ils avaient tous deux retenues.

Ce n'était pas un baiser de désespoir ou de peur, mais une promesse, un vœu que quoi qu'il arrive, ils y feraient face de front, et ensemble.

Lorsqu'ils se séparèrent enfin, leurs respirations

haletantes, il appuya son front contre le sien. — Reste avec moi, murmura-t-il.

Son cœur s'emballa, mais pour la première fois, son estomac se calma parce qu'il avait décidé et l'avait choisie. Elle ne ressentait plus l'envie de fuir, de toute façon, parce qu'elle voulait être avec lui. Au lieu de cela, elle hocha la tête, ses mains se resserrant autour des siennes. — Je resterai.

❧

CHAPITRE-20

*A*u fil des jours, la tension autour du domaine s'alourdissait, telle une tempête se formant à l'horizon.

La maison autrefois paisible ressemblait maintenant davantage à une forteresse assiégée, chaque regard et conversation étouffée du personnel lui rappelant que le danger rôdait juste au-delà des murs.

Ses leçons avec M. Abernathy se poursuivaient, bien que l'impact de leur nouvelle réalité planât sur chaque mot qu'elle peinait à lire. Elle pouvait sentir le changement dans la dynamique de la maisonnée, même si personne n'en parlait directement.

Les domestiques étaient méfiants, plus prudents dans leurs interactions avec elle car ils sentaient qu'elle était en danger, tout comme leur monde entier.

Mais Lucien était son ancre dans ce chaos grandissant avec sa présence constante, et sa détermination évidente, bien qu'elle pût voir le tribut que cela lui coûtait.

Elle ne l'avait jamais vu aussi épuisé, des ombres s'assombrissant sous ses yeux, ses mouvements plus lourds, plus délibérés.

Un soir, après que tout le monde se fut retiré, elle erra dans les couloirs, agitée. Elle savait ce qui allait arriver, elle savait que les gens de la ville ne laisseraient pas cette situation perdurer sans provoquer une confrontation.

Les murmures à son sujet s'étaient intensifiés, la désapprobation plus vocale, et tout cela à cause d'elle.

Tard cette nuit-là, alors qu'elle se glissait à l'arrière de la maison, elle entendit quelque chose qui la figea sur place.

Un groupe d'hommes, ses conseillers de confiance, se réunissaient dans le salon, parlant à voix basse et urgente. Elle se pressa contre le mur, s'efforçant d'entendre.

— Nous ne pourrons pas le protéger plus longtemps, dit l'une des voix, les mots tranchants. Il met tout en danger pour cette fille.

— Vous savez ce qu'on dit en ville. Ils prétendent qu'il a perdu la raison.

— J'ai été approché par plusieurs des familles les plus riches. Elles veulent des réponses et des actions.

Son cœur battait la chamade alors qu'elle réalisait l'ampleur de la pression qu'il subissait. Ces hommes n'exprimaient pas seulement des inquiétudes, ils préparaient quelque chose, complotant pour le pousser dans ses retranchements.

— Nous devrons bientôt le confronter. Avant qu'il ne soit trop tard. Nos moyens de subsistance sont aussi en jeu.

Alors que les voix s'estompaient et que les hommes s'éloignaient, elle resta cachée, ses pensées tourbillonnant. Ils avaient raison de dire qu'il mettait tout en jeu pour elle, et elle était terrifiée qu'au final, elle ne soit pas suffisante pour le protéger.

Il la trouva assise près de la fenêtre de la bibliothèque, les genoux repliés contre sa poitrine tandis qu'elle fixait les jardins obscurs. Elle ne l'entendit pas entrer, ne sut pas qu'il était là jusqu'à ce qu'il pose doucement une main sur son épaule.

— Tu ne dors pas, dit-il doucement.

Elle secoua la tête, incapable de croiser son regard. — Toi non plus.

Il soupira, tirant une chaise à côté d'elle. — C'est... difficile en ce moment.

Elle rit amèrement, essuyant ses yeux. — Difficile n'est même pas suffisant pour le décrire.

Ils restèrent silencieux quelques instants, laissant l'ampleur de leurs peurs informulées remplir l'atmosphère tendue.

— Je les ai entendus, murmura-t-elle finalement. Tes hommes. Ils vont te pousser dehors. À cause de moi.

— Ils ne le feront pas, dit-il, sa voix calme mais ferme.

— Ils le feront. Elle se tourna pour lui faire face, ses yeux brûlant d'émotion. Tu ne vois pas ? Je suis le problème. Si je n'étais pas là, rien de tout cela n'arriverait.

Sa main se resserra autour de la sienne. — Tu ne partiras pas.

— Tu ne peux pas me protéger éternellement, dit-elle, sa voix se brisant. Tu risques tout.

— Je ne risque rien comparé à ce que tu as abandonné pour être ici, dit-il férocement. Et je ne te laisserai pas partir. Ni maintenant. Ni jamais.

Le lendemain, Lucien prit une décision audacieuse. Sachant que les murmures s'amplifiaient et que les menaces se rapprochaient, il convoqua une réunion des travailleurs et des conseillers du domaine.

C'était un geste calculé, destiné à montrer qu'il ne se laisserait pas influencer par la peur ou la pression.

Elle observait depuis les bords de la cour tandis qu'il se tenait devant eux, s'adressant au groupe avec une autorité calme qui imposait le respect.

Il parla de loyauté, des valeurs que sa famille avait toujours défendues, de l'importance de rester ferme face à l'adversité.

Et puis, dans un geste qui choqua tout le monde, il lui prit la main et l'amena à se tenir à ses côtés.

Un halètement collectif s'éleva de la foule lorsqu'ils la virent, debout à ses côtés comme son égale, non pas comme une servante ou une simple femme à congédier. Il l'avait revendiquée, non seulement en privé, mais aussi publiquement.

— Vous savez tous qui elle est, dit-il, sa voix résonnant dans toute la cour. Et vous savez ce qu'elle représente pour moi. Je ne la cacherai pas. Je ne la renverrai pas. Si quelqu'un ici ne peut l'accepter, il est libre de partir.

Le silence qui suivit était assourdissant, la tension presque insupportable. Mais personne ne bougea, et personne n'osa le défier.

À la fin de la journée, elle le surprit dans son bureau, observant ses épaules affaissées.

Elle s'approcha doucement, ne sachant pas quoi dire. Il avait tout risqué pour elle aujourd'hui, et elle n'était pas sûre de pouvoir un jour le lui rendre.

— Tu n'étais pas obligé de faire ça, murmura-t-elle, debout dans l'encadrement de la porte.

Il leva les yeux, son regard fatigué mais résolu. — Si, je le devais.

Elle s'approcha, sentant l'attraction entre eux plus forte que jamais. — Pourquoi ? Pourquoi prendre un tel risque pour moi ? Tu as beaucoup à perdre.

Il se leva, traversant la pièce pour se tenir devant elle. — Parce que je crois en toi. En nous.

Son cœur s'arrêta lorsqu'il prit ses mains dans les siennes, son regard inébranlable. — Tu n'es pas juste une femme que j'ai recueillie. Tu es tout ce dont je ne savais pas avoir besoin.

Déglutissant avec difficulté, elle pouvait sentir son cœur s'emballer dans sa poitrine, submergée par l'intensité du moment. — Et si ce n'était pas suffisant ? S'ils venaient pour nous ?

— Alors nous leur ferons face ensemble, dit-il, sa voix basse mais assurée. Tant que tu es avec moi.

Alors que ses émotions prenaient le dessus, elle hocha la tête, incapable de les contenir. Elle ne s'était jamais sentie aussi effrayée, et pourtant, si en sécurité.

Il risquait tout pour elle, et pour la première fois, elle réalisa à quel point elle se battrait pour cette vie, cet amour qu'ils avaient construit.

❦

CHAPITRE-21

*L*es ondes de choc de sa déclaration publique de la veille se propagèrent rapidement.

Au matin, tout le monde dans les villes environnantes savait ce qui s'était passé, comment il l'avait ouvertement défendue, elle, une femme à la réputation discutable, contre les familles puissantes qui faisaient pression sur lui.

Il avait tracé une ligne dans le sable, et maintenant les conséquences se rapprochaient.

L'atmosphère pendant le petit-déjeuner au domaine était chargée d'un sentiment d'excitation et d'anticipation. Les serviteurs se déplaçaient silencieusement, lui jetant des regards furtifs.

Elle pouvait sentir la tension, mais celle-ci n'était plus dirigée uniquement contre elle. L'importance de ce qui les attendait était un fardeau pour tous.

Il entra dans la pièce, le visage aussi composé que

d'habitude, mais elle pouvait voir la tension gravée dans les rides autour de ses yeux.

S'asseyant à côté d'elle à table, il lui lança un regard rassurant, mais cela ne suffisait pas à apaiser l'angoisse qui lui rongeait la poitrine.

— Ils viendront, marmonna-t-il pendant qu'ils mangeaient. Mais nous serons prêts.

Elle acquiesça, essayant de repousser la peur. Elle n'était pas habituée à ce que les gens se battent ainsi pour elle, et cela la terrifiait de voir à quel point elle dépendait de lui, à quel point elle désirait cette vie avec lui.

Plus tard dans la journée, il quitta le domaine pour rencontrer quelques personnalités importantes en ville. Bien qu'il ne le dise pas à voix haute, elle savait que c'était un effort pour faire la paix avant que les choses ne s'aggravent davantage.

Autant il voulait la protéger, il ne pouvait pas simplement ignorer le pouvoir que détenaient ces familles.

Tandis qu'il partait à cheval pour la ville, elle l'observa depuis la fenêtre, le cœur lourd d'inquiétude. Et s'ils exigeaient qu'il fasse un choix entre elle et sa position ? Et s'il était forcé de tout abandonner à cause d'elle ?

Ses pensées s'emballèrent au fil de la journée, la tension devenant insupportable. Elle arpentait les couloirs, incapable de se concentrer sur quoi que ce soit d'autre. Quand il revint enfin ce soir-là, son visage était grave.

— Ils ne cèdent pas, dit-il d'une voix basse alors qu'il s'asseyait avec elle dans le salon. La demande a été faite pour que je mette fin à cet... arrangement. Ils disent que j'ai déshonoré ma famille.

Sa poitrine se serra. — Et qu'avez-vous répondu ?

— Je leur ai dit que je ne me laisserais pas intimider. Je ne les laisserai pas dicter ma vie. Ses paroles étaient fermes, mais il y eut une lueur de doute dans ses yeux, juste un instant, et elle le vit.

Elle se leva, traversant la pièce pour le rejoindre, ses mains tremblantes tandis qu'elle tendait le bras pour toucher son bras. — Vous n'êtes pas obligé de faire ça. Vous n'êtes pas obligé de les affronter pour moi.

Il leva les yeux vers elle, son regard intense. — Je le veux. Ne comprenez-vous pas ? C'est mon choix.

Elle secoua la tête, la peur remontant à la surface. — Mais si vous perdez tout ? S'ils vous prennent tout ?

— Alors je recommencerai, dit-il doucement, sa main se refermant sur la sienne. Mais je ne vous perdrai pas.

Il n'y avait plus rien à dire.

Le lendemain matin, un groupe d'hommes arriva au domaine. C'étaient les mêmes hommes qui l'avaient conseillé pendant des années, des alliés puissants qui s'étaient maintenant retournés contre lui, leur influence sur la ville et ses affaires étant indéniable.

Elle les observa de loin alors qu'ils se rassemblaient dans son bureau, leurs voix basses mais pleines de tension.

Elle ne pouvait pas entendre la conversation, mais elle n'en avait pas besoin. Elle savait ce qu'ils disaient, le mettant en garde contre les conséquences s'il ne mettait pas fin à sa relation avec elle, le pressant de voir raison. Elle avait l'impression que sa simple présence était la mèche d'un baril de poudre, prêt à exploser à tout moment.

Après ce qui sembla des heures, les hommes partirent enfin, leurs visages sombres alors qu'ils passaient devant elle sans même un regard. Elle attendit dans le couloir, le cœur battant tandis qu'il sortait du bureau, son expression indéchiffrable.

— Ils m'ont donné un ultimatum, dit-il, sa voix calme mais ferme. Soit je vous renvoie, soit ils coupent tout soutien. Financièrement, politiquement, socialement. Je perdrai tout.

Sa gorge se serra, ses pires craintes se réalisant. — Et qu'allez-vous faire ?

Il la regarda longuement, ses yeux emplis d'un mélange de tristesse et de détermination. — Je vais rester à vos côtés.

Les larmes lui montèrent aux yeux, mais elle les chassa rapidement d'un battement de paupières. — Vous n'êtes pas obligé de faire ça, murmura-t-elle. Vous pourriez me renvoyer. Je comprendrais.

— Non, dit-il fermement, s'approchant. Nous sommes allés trop loin pour ça. Je ne les laisserai pas gagner. Je ne les laisserai pas vous arracher à moi. Il arrive un moment dans la vie où l'on doit prendre position.

Ce soir-là, après que la tension de la journée se fut transformée en un silence inconfortable, ils se retrouvèrent seuls dans la bibliothèque. Il était assis près du feu, fixant les flammes, perdu dans ses pensées.

Elle hésita à la porte, ne sachant que dire. Elle n'avait jamais été douée avec les mots, pas comme les dames de son monde qui pouvaient tisser de jolies phrases et apaiser les cœurs troublés des hommes.

Elle savait cependant qu'elle ne pouvait pas le laisser seul dans cette situation car il avait tout risqué pour elle, et elle devait lui montrer qu'elle comprenait ce que cela signifiait.

Silencieusement, elle s'approcha et s'agenouilla à côté de son fauteuil, posant une main sur son genou. Il baissa les yeux vers elle, son expression s'adoucissant lorsque leurs regards se croisèrent.

— Je ne sais pas comment te remercier pour ce que tu fais, dit-elle d'une voix tremblante. Je n'ai jamais eu quelqu'un qui se batte ainsi pour moi, surtout quand je pense ne pas le mériter.

Il fronça les sourcils, tendant la main pour lui caresser la joue. — Tu mérites tout, et je ne veux pas que tu en doutes.

Son cœur se gonfla à ces mots, mais la peur persistait. — C'est juste que... j'ai peur de ce qui va arriver et de ce qu'ils vont faire.

— Moi aussi, admit-il doucement. Mais nous y ferons face ensemble. Quoi qu'il arrive.

Le lendemain matin, ils reçurent une lettre. Elle provenait de l'une des familles les plus riches de la région, une famille dont il avait longtemps bénéficié du soutien. La lettre était formelle, mais le message était clair : ils rompaient leurs liens avec lui. Il était exclu de leur cercle social, ses intérêts commerciaux menacés, sa réputation ternie.

Il lut la lettre en silence, son visage impassible, avant de la lui tendre. Elle parcourut les mots, son cœur se serrant à mesure qu'elle réalisait pleinement ce que cela signifiait.

— Ils ont commencé, dit-il doucement. Les autres suivront.

Ses mains tremblaient lorsqu'elle reposa la lettre. — Je suis tellement désolée.

Il secoua la tête, ses yeux se durcissant avec détermination. — Ne le sois pas. C'était inévitable et maintenant nous savons qui sont nos ennemis.

CHAPITRE-22

*L*a nouvelle se répandit rapidement, et l'isolement qu'ils redoutaient devint réalité. À la fin de la semaine, les invitations aux réunions mondaines pour lui n'étaient plus lancées, les contrats commerciaux étaient discrètement résiliés, et des alliés autrefois fidèles lui tournaient maintenant le dos.

Son nom, jadis respecté, était désormais murmuré avec mépris dans les salons de l'élite de la ville.

À l'intérieur de la propriété, l'atmosphère changea. Les domestiques étaient loyaux mais prudents, sentant la tension dans l'air.

Les visiteurs se faisaient plus rares, et les couloirs autrefois animés étaient maintenant silencieux, à l'exception des moments paisibles qu'ils partageaient dans la solitude de leur demeure.

Un après-midi, elle le trouva dans son bureau, le regard fixé sur les lettres empilées sur son bureau, des rejets formels, des avis de contrats résiliés et des invitations sociales qui s'étaient évaporées.

Son entreprise, sa réputation, toute sa position dans la société lui glissaient entre les doigts.

Pendant un long moment, elle resta sur le pas de la porte à l'observer. Il était toujours si composé, si maître de lui-même. Mais maintenant, elle pouvait voir la tension sur son visage due à tous ses problèmes.

Elle s'avança doucement, sa voix à peine plus qu'un murmure. — Tu pourrais encore me laisser partir, car il n'est pas trop tard.

Elle l'aimait assez pour le laisser partir.

Il leva brusquement les yeux, son regard s'assombrissant. — Je ne te renvoie pas.

— Mais cela te coûte tout, insista-t-elle, sa voix tremblant d'émotion qu'elle retenait depuis des jours. Ce n'est pas juste que tu perdes tout à cause de moi.

Il se leva, traversant la pièce pour se tenir devant elle. — Je t'ai déjà dit que c'était mon choix. Je perdrais mille fois plus si je te laissais partir. Ne me demande pas de faire ça.

Les larmes lui montèrent aux yeux, mais elle les ravala. — Je ne veux simplement pas te voir souffrir à cause de moi.

Son regard s'adoucit alors qu'il tendait la main pour lui caresser le visage. — Tu n'es pas la cause de ma souffrance. Tu es la raison pour laquelle je me bats encore.

Malgré sa détermination, la réalité de leur fardeau pesait lourdement sur eux deux.

Loin des regards indiscrets, leur connexion s'approfondit, et ils formèrent un lien tacite qui se renforça à mesure qu'ils affrontaient l'adversité ensemble. Au-delà des limites de la propriété, la pression continuait de monter.

Tous les membres de sa maisonnée n'étaient pas aussi loyaux qu'ils le paraissaient. Certains membres du personnel, craignant de perdre leur propre position et leur réputation, commencèrent à chuchoter à son sujet. Elle surprit des fragments de leurs conversations, des domestiques se demandant pourquoi il risquait tout pour « une fille comme elle », si cela en valait la peine.

Ces mots la blessaient, mais elle gardait la tête haute. Elle ne pouvait pas leur en vouloir car si les choses continuaient ainsi, ils perdraient leur emploi et la vie qu'ils connaissaient.

En raison de leur statut d'esclaves, il y avait toujours le risque d'être vendu à des maîtres brutaux, ou pire. Elle savait qu'ils la voyaient comme une étrangère, quelqu'un qui n'appartenait pas à son monde.

Ils avaient raison ; elle n'appartenait pas à leur monde mais n'appartenait pas non plus à la classe de Lucien. Ce qu'ils ne voyaient pas, c'était à quel point elle avait changé depuis son arrivée. Elle n'était plus la même femme qui avait volé pour survivre, qui était entrée dans sa vie avec rien d'autre que de la défiance et de la peur.

Elle avait appris et grandi, et devenait plus qu'elle n'avait jamais pensé possible. Le jugement de tous les côtés planait comme une ombre.

Leur relation s'était renforcée à certains égards, mais la tension se manifestait dans d'autres. Il était plus souvent absent, essayant de sauver ce qu'il pouvait de son entreprise et de sa réputation.

Elle se retrouvait seule dans la vaste propriété, incapable de parler à qui que ce soit, ses pensées tournant en spirale à mesure que l'isolement s'approfondissait.

Un soir, après une autre longue journée de silence, elle l'affronta à son retour.

— Tu t'éloignes de moi, dit-elle, la voix brisée.

Il la regarda, fatigué mais déterminé. — J'essaie de protéger ce que nous avons.

— Mais tu n'es presque plus là, répondit-elle, la frustration et la peur qu'elle avait gardées cachées débordant finalement. Tout tourne autour de l'entreprise, de la réputation. Je me soucie de toi et de nous, mais je te vois avoir l'air de plus en plus mal.

Il soupira, passant une main dans ses cheveux. — J'essaie de tout maintenir en place.

— Je n'ai pas besoin de tout ça, dit-elle en s'approchant. J'ai juste besoin de toi et je ne veux pas te perdre dans ce... combat.

Alors que ses yeux s'adoucissaient, un moment fugace passa où le fardeau de tout semblait s'évaporer. Il prit sa main, l'attirant près de lui. — Tu ne me perdras pas. Je te le promets.

Les promesses étaient plus difficiles à tenir à mesure que les semaines passaient. La pression extérieure continuait de monter, et des fissures se formaient dans les fondations de leur relation.

Cela arriva tard une nuit. Il avait été distant pendant des jours, et elle ne pouvait plus le supporter. Elle le trouva dans le bureau, enseveli sous la paperasse, essayant de sauver ce qui restait de son empire en ruine.

— Je n'en peux plus, lâcha-t-elle, sa voix tranchante de frustration. Je ne peux pas rester assise ici et te regarder te détruire pour quelque chose qui n'a même pas d'importance.

Il leva les yeux, son expression se durcissant. — Ça a de l'importance.

— Pourquoi ? À cause d'eux ? rétorqua-t-elle en désignant les lettres empilées sur son bureau. À cause de ce qu'ils pensent ? De ce qu'ils attendent de toi ?

— C'est ma vie, dit-il, haussant la voix. C'est tout ce que j'ai construit.

— Et moi alors ? demanda-t-elle, la voix tremblante.

Et nous ? Tu es en train de me perdre dans cette... lutte pour quelque chose que tu es déjà en train de perdre.

Il frappa du poing sur le bureau, laissant éclater sa colère pour la première fois. — Tu crois que je ne le sais pas ? Tu penses que je n'essaie pas de nous protéger tous les deux ?

— Nous protéger de quoi ? répliqua-t-elle, la voix brisée. D'eux ? De toi-même ?

Un long et lourd silence s'installa. Il la fixa du regard, la poitrine haletante, les poings serrés. Elle pouvait voir le combat dans ses yeux, la guerre entre l'homme qu'il voulait être pour elle et celui que le monde le forçait à devenir.

— Je t'aime, dit-il finalement d'une voix rauque. Mais je ne peux pas perdre tout ce pour quoi j'ai travaillé, ce pour quoi ma famille a travaillé.

— Et je t'aime, murmura-t-elle, le cœur brisé. Mais j'ai peur que si tu continues à mener ce combat, tu finisses par me perdre quand même.

Comment pouvait-elle le convaincre qu'il valait mieux chercher d'autres moyens de survivre ? Il gaspillait essentiellement son temps car ses anciens alliés avaient déjà pris leur décision, rendant ses efforts vains.

CHAPITRE-23

L'atmosphère devint chargée d'émotions inexprimées et de tensions non résolues après leur dispute explosive.

Les jours passèrent sans qu'aucun d'eux n'aborde le conflit, et bien qu'ils partageaient toujours le même espace, c'était comme si un mur invisible s'était dressé entre eux.

La complicité autrefois si facile, l'étincelle qui les avait réunis, était obscurcie par la tension de tout ce qui restait non-dit.

Il s'enterrait dans le travail, déterminé à sauver le peu qui restait de sa réputation. Elle passait ses journées perdue dans ses pensées, se demandant si elle appartenait vraiment à ce monde auquel il s'accrochait si désespérément.

Un soir, elle erra dans le jardin du domaine comme elle le faisait souvent. La nuit était calme, l'air immobile et lourd. Elle s'arrêta près de la fontaine, son reflet miroitant à la surface de l'eau. Pour la première fois depuis leur dispute, l'ampleur de la situation la frappa vraiment.

Était-ce ce que sa vie était devenue ? Une bataille entre qui elle était et qui on s'attendait qu'elle soit ? Elle s'était tant battue pour survivre seule, pour maintenir son indépendance, mais maintenant elle était prise dans un monde qui la déclarait inadaptée à son moule.

Elle ne l'entendit pas approcher, mais soudain, il était là, debout juste derrière elle. Ils restèrent assis en silence pendant un moment, puis il rassembla le courage de parler, brisant la quiétude.

— Tu me manques, dit-il enfin, sa voix douce mais remplie d'une émotion brute qu'elle n'avait pas entendue depuis des jours.

Sa gorge se serra. — Je suis toujours là.

— Non, tu n'y es pas, dit-il en s'approchant, sa main effleurant légèrement son épaule. Pas vraiment.

Elle se tourna pour lui faire face, ses yeux remplis de larmes qu'elle ne pouvait plus retenir. — Et où es-tu, toi ? Enterré dans le travail, essayant de t'accrocher à un monde qui s'échappe ? Ou debout ici avec moi ?

Pendant un instant, la tension se brisa, et il la prit dans ses bras. La chaleur de son étreinte, son odeur familière, lui firent mal au cœur. Cela lui avait manqué, il lui avait manqué, mais elle ne savait pas comment combler le fossé qui s'était creusé entre eux.

— J'ai peur, admit-il doucement, sa voix à peine audible. Je n'ai jamais eu aussi peur avant.

Son souffle se bloqua dans sa gorge alors qu'elle

reculait pour le regarder, ses yeux scrutant les siens. C'était rare pour lui d'admettre une faiblesse, de montrer la peur qu'il essayait si fort de cacher sous sa confiance.

— Tu as peur de perdre tout ce que tu as construit, murmura-t-elle, exprimant pour la première fois à voix haute ce qu'il ressentait depuis si longtemps.

Il secoua la tête. — Non. J'ai peur de te perdre.

Cette confession la frappa comme une vague, la submergeant d'un flot d'émotions. Elle avait pensé que son obsession pour sa réputation les avait éloignés, mais maintenant elle réalisait que c'était plus que ça. Il avait peur qu'en se battant pour elle, il la perde.

— Je ne vais nulle part, chuchota-t-elle, ses doigts caressant doucement sa joue. Mais j'ai besoin que tu viennes à ma rencontre à mi-chemin.

Ses yeux s'adoucirent, et pendant un long moment, ils restèrent simplement là, enveloppés dans la présence l'un de l'autre. — Je ne sais pas comment réparer ça, admit-il, sa voix empreinte de désespoir. Tout s'écroule autour de nous.

— Alors laisse tout s'écrouler, dit-elle, sa voix plus forte qu'elle ne se sentait. Laisse tout s'écrouler, parce que rien de tout ça n'a d'importance si nous ne sommes pas ensemble quand ce sera fini.

Il la serra à nouveau contre lui, ses bras se resserrant autour d'elle comme s'il avait peur de la laisser partir. Le mur entre eux se brisa, et elle osa croire qu'ils pourraient accepter leur destin.

— Je me battrai pour nous, dit-il, sa voix ferme mais

remplie de tendresse. Je me battrai, mais je ne peux pas le faire seul.

— Tu n'auras pas à le faire, promit-elle, sa tête reposant contre sa poitrine. Nous l'affronterons ensemble.

Au fil des jours, ils reconstruisirent ce qui avait été brisé. Ce n'était pas facile. Il y avait encore des moments de doute, de peur. Il se détacha des affaires qui l'avaient consumé, passant plus de temps avec elle, parlant des peurs qui les avaient autrefois séparés.

Elle se jeta dans ses leçons avec une concentration renouvelée. Si elle devait vraiment devenir une partie de son monde, elle devait embrasser les changements, pas les combattre.

Cette fois, il ne s'agissait pas de se perdre, mais d'être à la fois la femme qu'elle avait été et celle qu'elle devenait.

Même s'ils renforçaient leur lien, un nouveau défi se profilait à l'horizon. Des rumeurs circulaient en ville, des murmures de scandale qui atteignaient même les plus hauts échelons de la société. Ses ennemis, sentant une faiblesse, se rapprochaient, et ils savaient que leur combat était loin d'être terminé. Ils tenaient à peine le coup comme ça. Il devrait envisager de laisser partir une partie de son personnel.

Un soir, alors qu'ils étaient assis ensemble près du feu, il évoqua une lettre qu'il avait reçue plus tôt dans la journée.

— Nous avons été invités à un gala, dit-il, son ton prudent. C'est une chance pour nous de montrer à tout le monde que rien n'a changé, que nous sommes toujours... ensemble et unis.

Elle le regarda, fronçant les sourcils. — Et tu penses que ça aidera ?

— Je ne sais pas, admit-il. Mais c'est la première fois que nous sommes invités à quoi que ce soit depuis que tout ça a commencé. C'est un pas en avant.

Elle se mordit la lèvre, l'incertitude la rongeant. — Et tu veux que j'y aille ? Pour être... paradée comme un trophée ?

Il prit sa main, son regard ferme. — Je veux que tu sois à mes côtés. Je veux qu'ils voient que nous sommes dans cette situation ensemble.

Le cœur lourd, elle baissa les yeux sur leurs mains entrelacées. — Ce ne sera pas facile.

— Je sais, dit-il doucement. Mais nous sommes plus forts ensemble, n'est-ce pas ?

Elle rencontra son regard, sa détermination se renforçant. — Oui. Nous le sommes.

CHAPITRE-24

*L*a nuit du gala arriva plus vite qu'ils ne l'avaient prévu. Pour elle, la journée avait été un tourbillon de préparatifs, des heures passées avec son professeur à revoir chaque détail, chaque règle d'étiquette, chaque phrase dont elle pourrait avoir besoin pour éviter l'humiliation.

Malgré tous les progrès qu'elle avait faits, elle ressentait un sentiment écrasant d'appréhension. Pouvait-elle vraiment y arriver ?

Il l'avait rassurée d'innombrables fois en lui disant qu'elle n'avait pas besoin d'être parfaite, qu'être elle-même suffisait. Dans son cœur, elle savait que ce n'était plus à propos d'elle, mais d'eux.

Il s'agissait de prouver que leur relation était plus qu'une simple liaison passagère, qu'elle avait sa place dans son monde.

Debout devant le miroir dans sa robe élégante, elle se reconnaissait à peine. La femme autrefois rude et rebelle qui avait survécu grâce à son intelligence ressemblait maintenant à une dame de la haute société.

Sous l'apparence polie, le feu brûlait toujours. Elle n'avait jamais été du genre à laisser les autres décider de sa valeur, et ce soir ne serait pas différent.

Il s'approcha d'elle par derrière, posant doucement ses mains sur ses épaules tandis qu'il regardait son reflet dans le miroir.

— Tu es magnifique.

Elle sourit, mais son sourire n'atteignit pas ses yeux.

— Penses-tu vraiment qu'ils vont m'accepter ?

Il déposa un baiser sur le haut de sa tête, sa voix basse et stable.

— Je me fiche qu'ils le fassent. Tu es avec moi, et c'est tout ce qui compte.

Elle se tourna pour lui faire face, ses doigts effleurant légèrement sa poitrine.

— Tu sais que ce n'est pas seulement à propos de nous, n'est-ce pas ? Ça ne l'a jamais été.

Il fit une pause, son expression s'adoucissant.

— Non. Ça ne l'a pas été. Mais ce soir, nous leur montrons qu'ils n'ont pas le droit de décider de notre avenir.

Le trajet en calèche jusqu'au gala fut silencieux, la tension palpable malgré leur détermination partagée. Lorsqu'ils arrivèrent devant le grand domaine où se déroulait l'événement, elle sentit son cœur s'emballer. Avec ses lumières éclatantes, le bâtiment se dressait, imposant, dominant le paysage.

Lorsqu'ils descendirent, tous les regards se tournèrent vers eux. Les chuchotements commencèrent presque immédiatement, une vague de murmures balayant la foule.

Elle pouvait sentir le poids de leurs regards, le jugement dans leurs yeux. C'était encore pire que son premier gala avec lui, mais elle garda la tête haute, déterminée à ne pas leur montrer sa peur.

Il lui offrit son bras, et elle le prit, marchant à ses côtés comme si elle appartenait à ce monde. Elle ne les laisserait pas gagner.

À l'intérieur, la salle était remplie de l'élite scintillante de la société. Des femmes en robes extravagantes et des hommes en costumes sur mesure se promenaient, riant et bavardant comme si rien au monde ne pouvait perturber leurs bulles de privilèges soigneusement construites.

Ils n'étaient dans la pièce que depuis quelques instants lorsqu'un homme s'approcha, quelqu'un qu'elle reconnut d'après les murmures, un puissant homme d'affaires qui avait autrefois été l'un des alliés de son Lucien.

Ses yeux se posèrent sur elle, et bien que son sourire fût poli, elle pouvait voir le dédain dans son regard.

— Cela fait un moment, dit l'homme, son ton dégoulinant d'insincérité. J'entends dire que vous fréquentez une... compagnie intéressante.

La mâchoire de Lucien se crispa, mais il ne laissa pas passer l'affront sans répondre.

— Nous avons tous dû faire des ajustements dernièrement. Je suis sûr que vous comprenez.

L'homme rit, mais il n'y avait aucune chaleur dans son rire.

— Oh, je comprends parfaitement.

Son regard se tourna de nouveau vers elle, son sourire s'élargissant.

— Et comment trouvez-vous notre petite société, ma chère ? Écrasante, j'imagine ?

Elle soutint son regard, relevant légèrement le menton.

— J'ai survécu à pire.

Le sourire de l'homme vacilla un instant, surpris par sa défiance, mais il se reprit rapidement, hochant légèrement la tête avant de reporter son attention sur son Lucien.

— Eh bien, j'espère que vous passerez tous les deux une bonne soirée. Je suis sûr qu'elle sera... mémorable.

Au fil de la soirée, elle resta consciente des regards et des chuchotements qui la suivaient. Les gens avaient des réactions mitigées à son égard, certains désapprouvant, mais d'autres étaient curieux et voulaient en savoir plus sur la femme qui avait gagné son amour.

Finalement, alors que la nuit avançait, il l'entraîna sur la piste de danse. La salle sembla s'estomper tandis qu'ils bougeaient ensemble, sa main dans le bas de son dos la guidant à travers les pas.

— Tu te débrouilles merveilleusement bien, chuchota-t-il, son souffle chaud contre son oreille.

Elle lui sourit, la tension dans sa poitrine se relâchant un peu.

— J'ai l'impression de me noyer dans le jugement.

— Laisse-les juger, dit-il doucement, ses yeux ne quittant jamais les siens. Ils ont juste peur parce qu'ils savent qu'ils ne pourraient jamais être aussi courageux que toi.

Elle se blottit contre lui, son cœur gonflé d'un mélange de peur et de fierté. Il avait toujours su exactement quoi dire pour la faire se sentir forte, même quand elle doutait d'elle-même.

Mais la nuit n'était pas encore terminée.

Alors que la musique enflait et que la danse touchait à sa fin, une femme s'approcha d'eux. Elle était magnifique, drapée de soie et de bijoux, avec un sourire acéré qui n'atteignait pas tout à fait ses yeux.

— Je dois dire, commença la femme, son ton dégoulinant de condescendance, que vous avez certainement fait une impression ce soir. Ce n'est pas tous les jours que nous avons l'occasion de voir quelqu'un d'aussi... unique grâce nos salles.

Lucien se raidit à côté d'elle, mais avant qu'il ne puisse parler, elle fit un pas en avant.

— Merci. Je suppose que je suis pleine de surprises.

Le sourire de la femme vacilla, ses yeux se plissant légèrement.

— En effet. Mais dites-moi, comment comptez-vous suivre le rythme ? Sûrement ce monde doit vous sembler si... étranger pour quelqu'un comme vous.

L'implication était claire. Elle n'avait pas sa place ici, et tout le monde le savait. Mais au lieu de se recroqueviller sous le poids de l'insulte, elle sourit, sa voix calme et mesurée.

— J'ai toujours été douée pour m'adapter, et une chose dont je suis sûre, c'est que le changement arrive. On s'adapte ou on meurt, dit-elle, le regard assuré. De plus, j'ai un excellent professeur.

Lucien lui serra la main, la fierté brillant dans ses yeux. La femme, visiblement décontenancée, afficha un sourire crispé avant de tourner les talons et de s'éloigner.

— Tu as été incroyable, murmura-t-il alors qu'ils étaient assis côte à côte dans la calèche, le calme de la nuit contrastant fortement avec l'effervescence du gala.

Elle le regarda, son cœur battant encore la chamade après la confrontation. — Je ne sais pas si je peux faire ça... si je peux continuer à affronter des gens comme ça.

— Tu n'aurais pas pu mieux gérer la situation, lui rappela-t-il, sa main trouvant la sienne.

Elle appuya sa tête contre son épaule, la fatigue commençant à la gagner. — J'espère juste que ce sera suffisant.

— Ça le sera, dit-il avec une tranquille certitude. Tu es plus forte que tu ne le penses.

Alors que la calèche s'éloignait du grand domaine, elle sentit une petite lueur d'espoir. Peut-être qu'ils surmonteraient tout cela, après tout.

Ils les avaient invités pour les humilier, mais ils avaient été choqués par leur défi. C'était une petite victoire pour eux, mais une victoire quand même.

CHAPITRE-25

*L*e lendemain matin, les réactions de la veille flottaient encore dans l'air alors qu'ils étaient assis dans le salon.

Elle se remémorait la sensation de tous ces yeux braqués sur elle, jugeant chacun de ses mouvements. Chaque mot qu'elle prononçait, chaque geste qu'elle faisait, tout semblait être scruté.

Il était assis en face d'elle, parcourant quelques papiers, bien que son attention soit clairement ailleurs. — Je pense que la soirée d'hier s'est mieux passée que prévu, dit-il, tentant de briser le silence.

Elle haussa un sourcil, son scepticisme évident. — Mieux que prévu ? Je pouvais sentir leur haine. Tu as vu comment ils me regardaient.

Il se pencha en avant, posant ses papiers. — Oui, je l'ai vu. Mais j'ai aussi vu quelqu'un de très important te remarquer.

Elle fronça les sourcils, confuse. — De quoi parles-tu ?

Il esquissa un petit sourire entendu. — La baronne DeClark.

Son cœur manqua un battement à ce nom. La baronne était l'une des femmes les plus influentes de leur cercle social et son approbation pouvait faire fléchir même les cœurs les plus froids. Pourquoi, cependant, quelqu'un comme elle l'aurait-elle remarquée ?

— Elle est venue me voir après que tu aies parlé à cette femme hier soir, expliqua-t-il. Elle m'a demandé qui tu étais.

Son estomac se noua. — Et que lui as-tu dit ?

— Je lui ai dit la vérité, dit-il, d'une voix calme. Que tu es la femme la plus forte et la plus incroyable que j'aie jamais rencontrée. Et que j'ai l'intention de passer le reste de ma vie avec toi.

Elle cligna des yeux, momentanément stupéfaite par ses paroles. Il n'avait jamais parlé aussi directement de leur avenir auparavant.

— Qu'a-t-elle dit ? demanda-t-elle, sa voix à peine plus haute qu'un murmure.

— Elle a souri, dit-il, en se rasseyant dans son fauteuil. Et elle a dit : « Elle est vraiment quelque chose, n'est-ce pas ? J'ai hâte de la revoir. »

Plus tard dans l'après-midi, alors qu'ils étaient assis ensemble dans la bibliothèque, on frappa à la porte. Une femme de chambre entra, tenant une petite enveloppe élégante. Elle lui était adressée.

Elle l'ouvrit d'une main tremblante, ne sachant pas à quoi s'attendre. À l'intérieur se trouvait une invitation, écrite à la main dans l'élégante écriture de la baronne, l'invitant à un thé privé dans la propriété de la baronne la semaine suivante.

Ses yeux s'écarquillèrent en lisant l'invitation, son esprit s'emballant. C'était plus qu'une simple visite de courtoisie ; c'était un signal. Un signal que les choses étaient peut-être en train de changer.

— Que dit-elle ? demanda-t-il, l'observant.

Elle lui tendit l'invitation, trop abasourdie pour parler.

Il la parcourut rapidement, un sourire s'épanouissant sur son visage. — C'est bien. C'est très bien.

Elle hocha lentement la tête, assimilant encore la gravité du moment. — Penses-tu qu'elle... m'apprécie vraiment ?

Il haussa les épaules. — Je pense qu'elle te respecte. Et dans son monde, c'est beaucoup plus important.

Le jour du thé arriva, et elle se tenait à nouveau devant le miroir, se sentant mal à l'aise dans l'élégante robe qu'elle avait choisie pour l'occasion.

Cette fois, il y avait une lueur de confiance dans son reflet car elle avait survécu au gala, et elle survivrait à cela aussi.

Le trajet en calèche jusqu'à la propriété de la baronne était rempli d'une énergie nerveuse. Il avait voulu l'accompagner, mais elle avait insisté pour y aller seule. C'était sa bataille à mener.

Quand elle arriva à la grande propriété, elle fut accueillie par la baronne elle-même, une femme impressionnante d'une cinquantaine d'années aux yeux perçants et au comportement gracieux. Elles échangèrent des politesses en se promenant dans le jardin luxuriant, l'atmosphère étonnamment détendue.

Alors qu'elles s'asseyaient pour le thé, la baronne l'étudia un moment avant de parler. — Vous savez, j'ai vu beaucoup de femmes essayer de naviguer dans notre monde... la plupart échouent.

Elle soutint le regard de la baronne, son cœur battant dans sa poitrine. — Je n'ai pas l'intention d'échouer.

La baronne sourit, une lueur d'approbation dans les yeux. — Bien. Je ne pensais pas que vous le feriez.

La conversation coula facilement après cela ; la baronne posant des questions sur son passé, sa relation et ses pensées sur la société.

Il était clair que la femme la testait, mais elle tint

bon, répondant à chaque question avec honnêteté et grâce.

À la fin du thé, la baronne se leva et lui tendit la main. — Je crois que vous vous en sortirez très bien dans notre monde, dit-elle d'un ton chaleureux. Et j'ai hâte de vous voir au prochain événement.

Ce n'était pas une grande déclaration d'acceptation, mais c'était quelque chose qui s'apparentait à une petite victoire, un pas vers l'appartenance. En quittant la propriété, elle ressentit un sentiment d'accomplissement. L'approbation de la baronne, aussi subtile soit-elle, était un signe que la marée était en train de tourner.

Au cours des semaines suivantes, elle remarqua de légers changements dans la façon dont les gens la traitaient. Les chuchotements derrière son dos devinrent plus discrets, les regards moins hostiles. Les gens la saluaient d'un signe de tête quand ils la voyaient, certains engageant même une conversation polie.

Il y avait encore des personnes qui doutaient d'elle, mais des fissures apparaissaient dans leur étroitesse d'esprit. Et avec chaque fissure, sa confiance grandissait.

Un soir, alors qu'ils étaient assis ensemble sur la véranda, il prit sa main dans la sienne, son pouce caressant doucement sa peau. — Je t'avais dit que les choses s'amélioreraient.

Elle sourit, posant sa tête sur son épaule. — Je ne te croyais pas.

Il rit doucement. — Tu devrais commencer à croire davantage en toi. Tu es plus forte que tu ne le penses.

Elle ferma les yeux, sentant la chaleur de sa présence à ses côtés. — Peut-être que je le suis.

CHAPITRE-26

Au fil des semaines, les changements subtils dans la façon dont la société la traitait apportaient de nouveaux défis.

Les murmures s'étaient peut-être apaisés, mais sous la surface, le ressentiment couvait parmi ceux qui ne pouvaient accepter son ascension.

Pour chaque regard approbateur, il y avait encore des yeux qui l'observaient, attendant qu'elle trébuche. L'atmosphère à l'intérieur de la grande maison devenait plus lourde chaque jour.

Il ne fallut pas longtemps avant que ce ressentiment ne prenne forme.

Un après-midi, alors qu'elle était occupée dans la cuisine à aider une des domestiques avec quelques tâches simples, un coup fort résonna dans les couloirs. La domestique se raidit, jetant un regard nerveux vers l'avant de la maison.

— J'y vais, dit-elle en s'essuyant les mains sur son

tablier et en se dirigeant vers la porte. Lorsqu'elle l'ouvrit, elle fut accueillie par la vue de deux hommes, l'un qu'elle reconnut comme le shérif local, l'autre une figure de son passé.

Son sang se glaça lorsque le second homme s'avança, ses yeux se plissant en la reconnaissant.

Cela faisait des années qu'elle ne l'avait pas vu, mais les souvenirs revinrent instantanément. C'était un chasseur de primes, le même homme qui avait autrefois essayé de la capturer lorsqu'elle était en fuite.

— Eh bien, eh bien, dit-il d'une voix basse et menaçante. On dirait que je t'ai enfin trouvée.

Elle recula d'un pas, son cœur battant la chamade.
— Je ne sais pas de quoi vous parlez.

— Ne joue pas à ça, aboya-t-il. Tu crois que parce que tu t'es installée dans cette maison chic, tu peux échapper à ton passé ? Tu me dois toujours quelque chose.

Son souffle se bloqua dans sa gorge lorsque le shérif s'avança, brandissant un document. — Il y a un mandat d'arrêt contre vous, dit-il gravement. Pour vol.

Elle sentit le sol se dérober sous ses pieds, son monde soigneusement construit commençant à se fissurer. — C'est une erreur, dit-elle, sa voix tremblant légèrement. Je n'ai rien volé.

— Pas récemment, peut-être, ricana le chasseur de primes. Mais je me souviens de toi, ma fille. Tu courais de ville en ville, volant tout ce que tu pouvais. Tu as eu de la chance jusqu'à présent, mais ta chance a tourné.

Son esprit s'emballait alors qu'elle essayait de

trouver une issue, mais avant qu'elle ne puisse parler à nouveau, Lucien apparut. Il avait entendu le remue-ménage et était entré dans le hall, ses yeux se posant immédiatement sur les hommes à la porte.

— Que se passe-t-il ici ? demanda-t-il, sa voix autoritaire et froide.

Le shérif s'éclaircit la gorge. — Nous pensons que cette femme est recherchée pour vol. Nous avons un mandat.

Il se plaça devant elle, la protégeant de leur vue. — Vous ne la toucherez pas, dit-il, son ton ne laissant place à aucune discussion. Il y a eu un malentendu.

Le chasseur de primes renifla. — Malentendu ou pas, la loi c'est la loi.

Sa mâchoire se crispa, mais il ne céda pas. — Combien ? demanda-t-il d'une voix basse.

— Quoi ?

— Combien pour la prime ?

Les yeux du chasseur de primes brillèrent d'avidité. — Vingt pièces d'or.

Sans hésiter, il plongea la main dans son manteau, en sortant une petite bourse en cuir. Il la jeta aux pieds du chasseur de primes. — Voilà votre argent. Maintenant, partez.

Alors que les hommes partaient, elle resta figée, son esprit tourbillonnant d'émotions qu'elle ne pouvait pas tout à fait traiter. Soulagement, peur, honte, tout se mélangeait dans une tempête tumultueuse. Il se tourna vers elle, son visage s'adoucissant alors qu'il tendait la main vers la sienne.

— Tu vas bien ?

Elle recula, son cœur battant encore la chamade. — Tu les as payés. Comme ça.

Il fronça les sourcils, ne comprenant visiblement pas sa réaction. — J'ai fait ce que je devais faire. Je ne les laisserai pas t'emmener.

— Mais tu les as payés comme si j'étais... comme si j'étais quelque chose à acheter.

Ses yeux s'élargirent de surprise. — Ce n'est pas ce que je voulais dire...

— Tu ne comprends pas, l'interrompit-elle, sa voix montant. J'ai passé toute ma vie à fuir, à me battre pour survivre. J'ai l'impression d'être revenue à la case départ, comme si rien de tout cela n'avait d'importance si quelqu'un peut simplement entrer ici et m'emmener.

Il s'approcha, sa voix douce mais ferme. — La personne que tu étais à l'époque n'est pas la même que celle que tu es maintenant. Tu es différente maintenant, tu as grandi.

— Mais je ne suis toujours pas libre, murmura-t-elle, les yeux remplis de larmes. Et quoi que nous fassions, il y aura toujours des gens comme eux qui ne me verront que comme une criminelle.

Il tendit la main, prenant la sienne dans la sienne. — Ça s'améliorera, promit-il.

Ce n'était pas seulement le chasseur de primes ou le shérif qui la hantaient. La véritable bataille se déroulait en elle car, pendant si longtemps, elle s'était battue pour survivre selon ses propres termes, ne comptant jamais sur personne d'autre.

Maintenant, elle faisait face à la réalité que son passé pouvait toujours revenir la réclamer, peu importe à quel point elle avait progressé.

Au cours des jours suivants, la tension entre eux grandit. Elle ne pouvait se défaire du sentiment qu'elle avait à nouveau perdu le contrôle de sa vie, que sa liberté lui échappait.

Et si d'autres de ses anciennes victimes se manifestaient ? Qui savait à quel point leurs ennemis complotaient pour que son passé revienne la hanter, et ce qui allait suivre ?

Il essayait de la rassurer, de lui rappeler qu'ils étaient ensemble dans cette épreuve, mais les murs qu'elle avait construits au fil des années étaient difficiles à abattre. Il savait qu'il était nécessaire qu'elle surmonte cette peur par elle-même.

CHAPITRE-27

*Aux premiers rayons de l'aube qui perçaient à travers les rideaux, elle s'agita sous les couvertures, s'éveillant au chant paisible des oiseaux à l'extérieur de sa fenêtre.

Pendant un instant, elle resta immobile, laissant le calme l'envahir, un contraste saisissant avec la tension qui avait étreint son cœur quelques jours auparavant.

Les événements avec le shérif et le chasseur de primes résonnaient encore dans son esprit, mais ils n'avaient plus le même pouvoir.

À la place, un calme s'était installé en elle, comme si la tempête était enfin passée. Sa main se tendit instinctivement vers son côté du lit, mais les draps étaient froids, ce qui signifiait qu'il était debout depuis des heures, sans doute occupé à ses innombrables tâches.

Elle se leva et s'habilla, enfilant une simple robe qui lui semblait de plus en plus familière. En descendant le grand escalier, elle tendit l'oreille pour entendre le rythme régulier de ses pas. Au lieu de cela, la maison était silencieuse, à l'exception du crépitement occasionnel de la cheminée dans le salon lointain.

C'est dans le bureau qu'elle le trouva, assis derrière son bureau, le front plissé alors qu'il étudiait des piles de papiers. La vue de cet homme, si composé, si concentré, lui serra le cœur.

Elle hésita sur le seuil, l'observant un peu plus longtemps que d'habitude, un doux sourire se dessinant sur ses lèvres. Il était tout ce dont elle ne pensait jamais avoir besoin.

Quand il leva enfin les yeux, son visage s'adoucit instantanément.

— Bonjour, dit-il, sa voix chaleureuse et invitante, comme s'ils étaient les deux seules personnes au monde.

— Bonjour, répondit-elle en entrant dans la pièce. Elle s'installa dans le fauteuil en face de lui, étudiant son visage, les lignes de concentration encore gravées sur son front. Tu es déjà plongé dans le travail.

Il se pencha en arrière dans son fauteuil, mettant les papiers de côté avec un soupir.

— Il y a toujours quelque chose à faire par ici, admit-il. Mais aujourd'hui... je pense que je vais tout laisser en attente.

Ses sourcils se levèrent de surprise.

— Toi ? Faire une pause ? le taquina-t-elle en croisant les bras. N'est-ce pas un sacrilège dans ton monde ?

Un sourire espiègle se dessina sur ses lèvres tandis qu'il se levait et s'approchait d'elle.

— Je pense que nous l'avons mérité, tu ne crois pas ? Il lui tendit la main. Passons la journée ensemble. Pas de distractions. Juste nous.

L'air dehors était vif et frais, avec un léger parfum de terre et de feuilles flottant dans la brise. Alors qu'ils marchaient main dans la main à travers le verger, elle s'émerveillait de la sérénité.

Pendant si longtemps, sa vie n'avait été que chaos, survie, ne sachant jamais d'où viendrait son prochain repas ou si elle vivrait pour voir le lendemain. Maintenant, elle était là, se promenant à travers une mer de pommiers avec un homme qui avait vu au-delà de ses aspérités, qui l'avait choisie.

Elle le surprit à l'observer du coin de l'œil, un air pensif sur le visage.

— Quoi ? demanda-t-elle, son ton léger mais curieux.

Il haussa les épaules, son sourire s'élargissant.

— Tu es juste... différente ici. J'aime te voir comme ça. En paix.

Ses pas hésitèrent un instant, et elle se tourna complètement vers lui.

— La paix ? Elle rit doucement, secouant la tête. Je ne pensais jamais connaître la paix.

— Pourtant, la voilà, dit-il, sa voix assurée.

Ils continuèrent leur promenade, parlant de petites choses, du verger, du domaine, de la façon dont les feuilles scintillaient à la lumière du soleil couchant. Les choses s'étaient grandement améliorées depuis son thé avec la Baronne et les affaires avaient considérablement progressé.

Alors qu'ils revenaient vers la maison, la conversation changea et elle parla de ses rêves, sa voix d'abord hésitante, comme si elle avait peur de leur donner vie.

— J'ai réfléchi, commença-t-elle en le regardant, à ce que je pourrais vouloir faire... à l'avenir.

Il arqua un sourcil.

— Oh ? Et qu'est-ce que ce pourrait être ?

Elle hésita, ressentant un élan de vulnérabilité.

— Je... je veux ouvrir une école. Pour les filles. Pour les femmes comme moi, qui n'ont jamais eu la chance d'apprendre, de grandir.

Son expression s'adoucit, et il s'arrêta de marcher, se tournant vers elle.

— Une école ?

Elle acquiesça, son cœur battant la chamade.

— Oui. Un endroit où elles peuvent venir et être instruites, où elles n'ont pas à avoir peur de ce que le monde pourrait leur faire. Je veux les aider à trouver leur place, tout comme je trouve la mienne.

Pendant un long moment, il ne dit rien, se contentant de la regarder, une émotion profonde couvant dans son regard. Puis, sans avertissement, il la prit dans ses bras, la serrant contre lui.

— Je pense que c'est une idée brillante, murmura-t-il contre ses cheveux. Et je t'aiderai. Tout ce dont tu as besoin, nous le réaliserons.

Elle cligna des yeux pour refouler les larmes qui lui

piquaient soudainement les yeux, submergée par l'ampleur de son soutien.

— Tu le penses vraiment ?

Il prit son visage entre ses mains, son pouce caressant doucement sa joue.

— Bien sûr que oui. Tu ne construis plus seulement ta vie, femme. Nous la construisons ensemble.

Plus tard dans la soirée, après un simple dîner partagé dans une compagnie tranquille, ils s'assirent ensemble dans le salon tandis que le feu crépitait doucement dans l'âtre. Elle sirotait son thé, son corps se sentant enfin à l'aise pour la première fois depuis ce qui semblait une éternité.

Lui, cependant, semblait agité. Elle pouvait le voir dans la façon dont sa jambe bougeait légèrement, dans la façon dont il la regardait constamment comme s'il avait quelque chose à dire.

— Quelque chose te préoccupe ? demanda-t-elle en posant sa tasse et en l'observant attentivement.

Il croisa son regard et, pendant un instant, une lueur d'hésitation passa dans ses yeux, chose rare chez lui. Puis il se leva, plongeant la main dans sa poche tout en prenant une profonde inspiration.

— En fait, oui.

Son cœur battait la chamade, son instinct lui disant que quelque chose d'important allait se produire. Elle se redressa, les yeux rivés sur lui tandis qu'il sortait une petite boîte en velours, ses doigts se resserrant autour comme si elle renfermait la valeur du monde entier.

Il s'approcha d'elle, s'agenouillant devant elle d'un mouvement fluide, sans jamais quitter son regard.

— J'ai réfléchi à nous, commença-t-il, sa voix plus douce maintenant, emplie d'une émotion qu'elle avait rarement entendue chez lui. Et à ce que tu as dit tout à l'heure, à propos de tes rêves, de notre avenir.

Son souffle se bloqua dans sa gorge, la pièce semblant soudain trop petite, trop chargée.

— Je ne veux pas seulement que tu sois ici comme ma compagne, ou comme quelqu'un avec qui passer le temps. Je veux que tu sois ma partenaire et que nous construisions cette vie ensemble, pour de vrai. Il ouvrit la boîte, révélant une bague simple mais élégante. Épouse-moi.

Pendant un instant, le monde sembla s'arrêter. Les braises crépitaient doucement en arrière-plan, mais tout ce qu'elle pouvait entendre était le battement de son propre cœur. Elle fixait la bague, son esprit bouillonnant de mille pensées.

Le mariage. Une vie. Avec lui.

La femme qu'elle était avant, sauvage, indomptée, grossière, aurait ri d'une telle idée. Mais maintenant, au bord de quelque chose de nouveau, de bon, elle réalisa qu'elle le voulait. Elle le voulait, lui.

Les larmes lui montèrent aux yeux, et elle hocha la tête, incapable de parler.

— Oui, murmura-t-elle, la voix chargée d'émotion. Oui, je veux t'épouser.

Il sourit largement et glissa délicatement la bague à

son doigt, l'attirant dans une étreinte chaleureuse tandis qu'ils riaient et pleuraient de joie ensemble.

Ils restèrent ainsi longtemps, enveloppés dans la chaleur l'un de l'autre.

ÉPILOGUE

SIX ANS PLUS TARD

*L*e soleil matinal enveloppait la maison de sa chaude lueur, illuminant les couloirs et remplissant les pièces de vie.

La propriété autrefois silencieuse bourdonnait maintenant des rires d'enfants, le bruit de leurs petits pas résonnant partout.

La légère odeur de pain frais flottait depuis la cuisine, se mêlant au parfum terreux des jardins juste au-delà de la véranda.

Elle se tenait à la fenêtre du salon, contemplant les terres qui étaient devenues son foyer. Les champs s'étendaient jusqu'à l'horizon, une mer de verdure qui ondulait au gré du vent. Elle entendait les travailleurs s'occuper des cultures à l'extérieur, et pour la première fois depuis des années, il y avait de la paix.

La simple alliance en or à son doigt brillait dans la lumière du soleil, lui rappelant le jour qui avait tout changé. Leur mariage avait été modeste, célébré en présence d'une poignée d'amis et d'ouvriers de confiance.

Cela avait été suffisant, plus que suffisant. Les vœux qu'ils avaient échangés à l'ombre du vieux chêne dans le jardin étaient gravés dans sa mémoire, des promesses faites non seulement l'un à l'autre, mais aussi à la vie qu'ils construisaient ensemble.

Cela n'avait pas été facile, et le monde autour d'eux ne s'était pas adouci du jour au lendemain. Elle était toujours considérée avec mépris par beaucoup, sa simple présence dans sa vie étant une offense à leurs normes sociales rigides.

Les choses changeaient, lentement, subtilement. Il y avait maintenant une trêve, un accord tacite entre eux et la ville. Elle n'était pas acceptée, pas complètement, mais elle n'était plus une cible et c'était suffisant.

Son entreprise, autrefois au bord du gouffre, prospérait à nouveau. Les murmures qui avaient circulé autour de lui pour l'avoir prise comme épouse s'étaient estompés, remplacés par de l'admiration pour sa ténacité et sa vision.

Il avait construit quelque chose de solide, quelque chose qui résistait aux tempêtes de l'opinion publique. Et elle, eh bien... elle avait trouvé sa propre façon de s'épanouir aussi.

L'école était sa fierté et sa joie. Nichée à la lisière de leur propriété, elle était petite, mais pleine de promesses. Elle avait commencé avec seulement quelques enfants de la communauté voisine, ceux qui n'avaient pas d'autre endroit pour apprendre et qui avaient été oubliés par les grandes villes et les plantations.

Maintenant, elle était devenue quelque chose de bien plus grand, un phare d'espoir pour ceux qui cherchaient une éducation dans un monde qui la leur avait souvent refusée.

De son point d'observation près de la fenêtre, elle regardait les enfants jouer pendant la récréation, leurs rires contagieux résonnant dans les environs.

Cette vue emplissait son cœur de fierté. Elle avait créé quelque chose de durable, quelque chose qui lui survivrait, tout comme son mari l'avait fait avec son entreprise. Ensemble, ils avaient construit un héritage.

Un bruit soudain retentit dans le couloir, suivi d'un fort rire enfantin. Elle se retourna juste à temps pour voir les jumeaux, deux garçons pleins de vie aux boucles sombres et aux yeux brillants, débouler dans la pièce. Ils étaient une tornade d'énergie, leur rire contagieux alors qu'ils s'arrêtaient en dérapant devant elle, leurs petits visages rougis par la course.

— Maman ! s'écria l'un d'eux, brandissant un petit cheval en bois, visiblement fier de leur nouvelle découverte. Regarde ce qu'on a trouvé !

Elle s'accroupit, son cœur débordant d'amour alors qu'elle prenait le jouet de ses mains. — C'est un beau cheval, dit-elle d'une voix douce et affectueuse. Mais où l'avez-vous trouvé ?

L'autre jumeau, ne voulant pas être en reste, tira sur sa robe. — On l'a trouvé dans le bureau de Papa !

Avant qu'elle ne puisse répondre, une voix familière les interrompit depuis le seuil de la porte. — Alors, que vous ai-je dit à propos d'entrer dans mon bureau sans demander ?

La voix de son mari était enjouée, mais il y avait une pointe de fausse sévérité. Il s'appuyait contre le chambranle, les bras croisés sur la poitrine, ses lèvres s'incurvant en un sourire tandis qu'il observait leurs fils.

Les garçons, nullement impressionnés par sa légère réprimande, se jetèrent sur lui, leurs petits bras s'enroulant autour de ses jambes. Il les souleva sans effort, un rire grondant dans sa poitrine alors qu'ils s'accrochaient à lui.

Elle observait la scène, le cœur si plein qu'il semblait sur le point d'éclater. C'était sa vie maintenant, cette vie trépidante, chaotique et magnifique. C'était plus qu'elle n'avait jamais osé rêver quand elle n'était qu'une femme essayant de survivre, chantant dans les bars et volant pour s'en sortir. Et maintenant, elle était là, mère, épouse et dame.

— Je vois que la récréation touche à sa fin, alors vous feriez mieux de rejoindre vos camarades, dit-elle alors que les enfants couraient vers la porte.

Ce soir-là, ils s'assirent ensemble sur la véranda. Les garçons étaient couchés depuis longtemps, leurs petits corps épuisés par une journée de jeux. La maison était calme maintenant, à l'exception du bruit occasionnel du vent bruissant dans les arbres.

Elle appuya sa tête contre son épaule, sa main reposant sur sa poitrine, sentant le rythme régulier de son cœur sous ses doigts.

— Nous avons fait un long chemin, murmura-t-il, ses lèvres effleurant le haut de sa tête.

Elle sourit, fermant les yeux en laissant la paix du moment l'envahir. — Oui, c'est vrai.

Il y eut un long silence entre eux, confortable et familier, avant qu'il ne reprenne la parole.

— Penses-tu parfois à ce jour-là ? demanda-t-il doucement. Quand nous nous sommes rencontrés ?

Elle rit doucement, levant la tête pour le regarder. — Comment pourrais-je l'oublier ? Tu pensais que j'essayais de te voler.

— Et c'était le cas, la taquina-t-il, ses yeux pétillant d'amusement.

Elle sourit, se penchant pour l'embrasser doucement. — Peut-être. Mais si je ne l'avais pas fait, nous ne serions pas ici maintenant, n'est-ce pas ?

— Non, acquiesça-t-il, sa voix douce d'affection. On ne voudrait pas.

Ils restèrent ainsi un moment encore, observant le ciel s'assombrir, les étoiles commençant à apparaître une à une. Le monde avait changé autour d'eux, mais à cet instant, il n'y avait qu'eux deux, ensemble, comme ils l'avaient toujours été.

Alors que la nuit s'épaississait, elle laissa échapper un soupir de contentement. Il y avait encore des défis à relever, des batailles à mener.

Ils étaient arrivés jusque-là et continueraient à persévérer.

* * *

XOXO

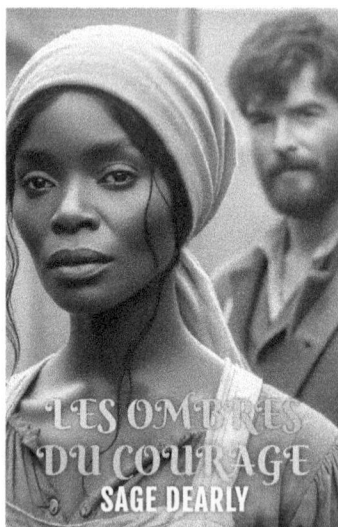

Lisez le premier chapitre juste après

ÉGALEMENT DE SAGE.
CHAPITRE-1

*M*iriam balaya du regard le paysage tranquille à l'extérieur de la pension, où la faible lumière de la fin d'après-midi colorait les champs d'or. Elle frissonna car les ombres s'étiraient comme des doigts sur la route poussiéreuse et semblaient sinistres.

Elle s'affairait dans la cuisine de la pension, où l'odeur chaude du pain de maïs se mêlait à l'arôme piquant du café fraîchement préparé.

Fredonnant doucement, son esprit vagabondait tandis qu'elle remuait une marmite de ragoût copieux qui mijotait sur la cuisinière.

Miriam vivait dans cette vieille pension depuis maintenant six ans, ses murs usés lui offrant un réconfort. Le son des planchers, l'odeur du pain de maïs et le vent dans les arbres étaient des sons et des odeurs familiers qui la réconfortaient.

Ce réconfort était fragile car parfois, malgré tous

ses efforts, le passé, bien qu'enfoui, avait une façon de s'infiltrer à travers les fissures, comme les vrilles de lierre qui grimpaient sur les murs de la maison.

Le bois du comptoir était frais sous ses doigts lorsqu'un souvenir soudain et involontaire la submergea. Son souffle se bloqua dans sa gorge, la faisant cligner rapidement des yeux en réaction à cette vision inattendue. Elle avait parcouru un long et difficile chemin pour arriver jusqu'ici.

Loin de la vie qu'elle avait fuie, loin des dangers qui avaient hanté chacun de ses pas. Une larme silencieuse traça la courbe de sa joue, mais elle l'essuya rapidement, son visage se crispant de volonté. Le temps lui avait appris l'inutilité de s'attarder sur les expériences douloureuses, alors elle avait maîtrisé l'art de lâcher prise.

Le voyage ardu qu'elle avait enduré, marqué par des kilomètres périlleux, des nuits passées à se cacher et les souvenirs obsédants de ceux qu'elle avait laissés derrière elle, pesait encore lourdement sur elle. La véritable profondeur de son histoire restait un mystère pour tous les habitants de la ville, enveloppée de secret et de vérités non dites.

Pour eux, elle était simplement Miriam, la femme qui avait transformé le vieux lieu délabré en un havre pour les voyageurs fatigués. La vérité, cependant, était une réalité complexe et cachée, obscurcie par un mur de non-dits.

Il y avait des jours où elle osait à peine y penser, à la vérité sur la façon dont elle était devenue propriétaire de l'endroit. La connaissance de ce qu'elle avait échangé, de ce qu'elle avait risqué, était enfermée au plus profond d'elle-même, un secret qui brûlait comme une braise sous sa peau.

Bien sûr, il y avait eu un homme, il y en avait toujours un, quelqu'un qui exerçait son pouvoir d'une manière qui la faisait encore frissonner aujourd'hui. Elle n'osait pas penser à son nom, mais elle savait bien que ce qui était donné pouvait facilement être repris.

La pension était à elle pour l'instant, mais dans les recoins sombres de son esprit, la peur rôdait toujours. Cette paix pouvait lui être arrachée aussi vite qu'elle était venue.

Elle n'aimait jamais s'attarder sur la façon dont elle avait pu s'offrir la maison. Chaque fois qu'elle le faisait, cela ramenait un sentiment de terreur qui se resserrait autour d'elle comme un nœud coulant.

Son regard erra vers la fenêtre, où la lumière dorée du soleil filtrait, mais même la chaleur du jour ne pouvait chasser le frisson qui lui parcourait les os.

Elle redressa la colonne vertébrale, comme elle le faisait toujours, chassant les souvenirs comme s'il s'agissait de toiles d'araignée. Cette maison, cette vie, était la sienne maintenant, quoi qu'il lui en ait coûté. Au fond d'elle-même, elle savait que tout pouvait disparaître en un instant.

L'odeur de terre humide et de chèvrefeuille emplissait l'air à l'extérieur, et de quelque part au loin venait le grincement faible mais régulier d'une roue de chariot. Elle resta immobile derrière le fin voile du rideau, le regard perçant, tandis qu'un cavalier solitaire apparaissait à l'horizon.

L'homme à cheval chevauchait avec un calme confiant, sa haute silhouette droite sur la selle, le bord de son chapeau ombrageant son visage du soleil couchant. À mesure qu'il s'approchait de la maison, elle pouvait mieux le voir, sa peau légèrement bronzée par le voyage, sa mâchoire tendue et acérée.

Sous le chapeau, des cheveux sombres bouclaient à ses tempes, et ses yeux, profondément enfoncés et vigilants, scrutaient son environnement avec une intensité calme, enregistrant chaque détail comme s'il le gravait dans sa mémoire.

Il ralentit son cheval devant la maison, descendant de selle d'un mouvement fluide. Ses bottes heurtèrent le sol avec un bruit sourd, soulevant un petit nuage de poussière. Miriam se tendit, sa main se resserrant légèrement sur le rebord de la fenêtre.

Il n'était pas un voyageur typique. Il y avait quelque chose d'unique et de calculé chez lui. C'était évident, même pour l'observateur le plus inattentif.

Ses vêtements étaient finement coupés, simples, certes, mais faits d'un tissu de qualité qui le distinguait des vagabonds et des ouvriers agricoles habituels de passage. Il se tenait avec l'autorité tranquille d'un homme habitué à évoluer dans le monde à sa guise.

Miriam laissa retomber le rideau et s'éloigna de la fenêtre, son visage impassible alors qu'elle traversait la pièce. Les vieux planchers en bois craquaient sous ses pas, le son englouti par le lourd silence de la maison.

Elle plaça soigneusement le pain de maïs dans le four. S'essuyant les mains sur son tablier, elle se dirigea vers la porte, son cœur s'accélérant légèrement à l'idée d'un nouveau client. Lorsqu'elle l'atteignit, elle avait lissé son expression pour arborer le masque froid qu'elle portait pour les invités.

Ouvrant la porte, elle sortit sur le porche au moment où l'étranger approchait. Il souleva son chapeau en guise de salut, révélant une vue complète de son visage.

Ses yeux, sombres et perçants, rencontrèrent les siens, et pendant un moment, aucun d'eux ne parla. Son regard avait l'acuité de quelqu'un qui voyait au-delà des apparences, un homme qui pesait soigneusement ses mots et ses actions.

L'observant rapidement, elle réalisa que sa première impression était juste. Il se tenait grand et large d'épaules, avec un air de force tranquille. La lumière du soleil accrochait les angles de son visage, soulignant la ligne ferme de sa mâchoire et l'intensité de ses yeux profondément enfoncés.

Il portait une chemise simple mais bien taillée, les manches retroussées jusqu'aux coudes, révélant des avant-bras qui parlaient de travail dur et de dévouement. Sa barbe soigneusement taillée accentuait l'aura de mystère qui l'entourait.

— Bonsoir, dit-il, sa voix douce comme du miel. Je cherche un endroit où séjourner. J'ai entendu dire que votre pension était la meilleure en ville.

Miriam ressentit un frisson de quelque chose d'inhabituel en sa présence, mais elle le masqua rapidement par un sourire poli et ne répondit pas immédiatement.

Elle le détailla rapidement à nouveau, remarquant la fine cicatrice près de son sourcil et la façon dont ses vêtements lui allaient parfaitement, bien qu'ils soient poussiéreux. Tout en lui était maîtrisé, comme si chaque mouvement, chaque mot, était soigneusement mesuré. Cela la rendait méfiante.

— Nous avons des chambres, dit-elle après une pause, sa voix ferme mais froide. Si vous en cherchez vraiment une, bien sûr.

Déchirée entre la suspicion et la curiosité, elle se demandait s'il était un véritable voyageur ou quelqu'un envoyé pour recueillir des informations sur elle.

Il sourit alors, un bref éclat de dents blanches qui n'atteignit pas tout à fait ses yeux.

— Je vous en suis reconnaissant.

Miriam s'écarta, lui permettant de franchir le seuil. Lorsqu'il passa devant elle, une faible odeur de cuir et de tabac flotta dans l'air. Elle l'observa entrer, ses bottes faisant des bruits sourds et délibérés contre le sol.

À l'intérieur, la maison était sombre ; la lumière filtrait à travers d'étroites fenêtres. L'étranger s'arrêta juste à l'entrée, son regard balayant la pièce, les meubles usés, les rideaux fanés, les tableaux encadrés accrochés aux murs, vestiges d'un passé oublié. Ses yeux s'attardèrent une seconde de trop sur la porte de la cave avant qu'il ne se retourne vers elle.

— Je m'appelle Grayson, dit-il, n'offrant pas de nom

de famille. Sa voix était douce, mais il y avait quelque chose dans sa façon de le dire qui fit se demander à Miriam si c'était même son vrai nom.

— Miriam, répondit-elle simplement, son ton tout aussi méfiant, n'offrant pas plus que nécessaire. S'il remarqua aussi l'absence de son nom de famille, il n'en montra rien.

Leurs regards se croisèrent à nouveau, le sien, sombre et scrutateur, le sien, ferme et illisible. Une émotion fugace passa entre eux, pas tout à fait de l'hostilité, mais loin d'être de la confiance.

Miriam avait déjà vu des hommes comme lui auparavant, des hommes qui venaient avec des paroles agréables et des intentions cachées. Elle avait appris depuis longtemps à reconnaître le regard d'un homme qui cache quelque chose.

— Je vais vous montrer votre chambre, dit-elle après un moment, brisant le silence. Elle se retourna et le conduisit dans l'escalier étroit, le vieux bois grinçant sous leur poids alors qu'ils montaient. Derrière elle, elle pouvait sentir sa présence, silencieuse mais attentive, comme une ombre dans son dos.

En haut de l'escalier, Miriam s'arrêta devant une petite chambre simple. La porte grinça doucement lorsqu'elle l'ouvrit, révélant un lit soigneusement fait avec une courtepointe usée, une petite table en bois près de la fenêtre et une chaise unique.

— Ça fera parfaitement l'affaire, dit Grayson en entrant. Son regard balaya la pièce avec la même attention soigneuse, comme s'il enregistrait chaque détail.

Il posa son sac en cuir usé au pied du lit, mais Miriam remarqua comment ses yeux dérivaient légèrement vers la fenêtre, puis revenaient à la porte. Il semblait constamment observer, son regard ne quittant apparemment jamais son objectif.

— La maison est calme, ajouta-t-il, sa voix basse, comme s'il testait les eaux.

Les lèvres de Miriam se pincèrent en une fine ligne.

— Elle est calme parce que je la maintiens ainsi, répondit-elle d'un ton plat.

Grayson se tourna pour lui faire face, son expression indéchiffrable. Il hocha la tête, acceptant ses paroles avec le même détachement froid qu'elle attendait d'hommes comme lui. Il pourrait être un problème. Pas du genre bruyant et évident, mais du genre calme et calculé. Le genre qui vient enveloppé de sourires polis et de regards perçants.

— Le dîner est à dix-neuf heures, dit-elle en reculant vers la porte. Pas de tabac à l'intérieur, et vous gardez vos distances.

Un léger sourire tira le coin de sa bouche, mais il ne discuta pas.

— Je veillerai à suivre les règles.

Elle l'observa un moment de plus, sa main reposant sur le cadre de la porte. Il était trop lisse, trop prudent. Il n'appartenait pas à cet endroit, et il le savait. Pour le moment, il était là, et elle devrait faire avec lui.

Miriam se retourna et quitta la chambre, fermant la porte derrière elle. Alors qu'elle redescendait, elle sentit un nœud se serrer dans sa poitrine. Ce Grayson la perturbait d'une certaine manière. Il cachait quelque chose, elle en était sûre. Quoi que ce soit, elle savait que cela n'apporterait que des ennuis à sa porte. Il l'avait payée, alors elle ne pouvait pas se plaindre.

Quelques minutes plus tard, il redescendit et se tint à la porte derrière elle.

Il regarda autour de la cuisine accueillante, observant le décor rustique, les étagères en bois alignées de bocaux de conserves et d'épices.

— Ça sent merveilleusement bon ici, remarqua-t-il, ramenant son regard vers elle, et elle sentit ses joues chauffer sous son examen.

— Merci, répondit-elle, essayant de garder son sang-froid. J'espère que vous avez faim. J'allais justement servir le dîner.

Alors qu'elle le conduisait dans la salle commune, Miriam remarqua la façon dont ses yeux semblaient scanner l'espace, évaluant chaque détail. Il y avait une certaine retenue chez lui, une tension qui suggérait qu'il avait beaucoup vu dans sa vie, un soupçon de tristesse caché sous son sourire aimable.

— Vous êtes d'ici ? demanda-t-elle, essayant d'orienter la conversation vers des eaux plus sûres.

— J'ai pas mal voyagé, dit-il, son ton désinvolte, mais il y avait une tension dans son langage corporel. J'ai été attiré ici par... des affaires inachevées.

— Des affaires inachevées ? s'enquit Miriam, sa curiosité piquée.

Il hésita, une ombre passant sur son visage.

— Disons simplement que j'essaie de réparer certains torts de mon passé.

Ses paroles restèrent en suspens, et pendant un bref instant, Miriam sentit une connexion, comme si leurs passés étaient liés d'une manière tacite. Elle voulait le pousser plus loin, découvrir la profondeur de ses secrets, mais elle comprenait aussi la fragilité de la confiance. Elle ne voulait pas non plus qu'on fouille dans sa vie passée.

— Le dîner sera bientôt prêt, dit-elle, brisant la tension. Pourquoi ne vous mettez-vous pas à l'aise ? J'appellerai tout le monde quand ce sera l'heure de manger.

Alors qu'il s'installait dans un fauteuil près de la cheminée, ses yeux erraient autour de la pièce, absorbant la chaleur de l'espace et les vies qui y étaient passées. Miriam retourna à la cuisine, son cœur battant encore de leur échange.

Pendant qu'elle remuait le ragoût, ses pensées dérivèrent vers Grayson. Quelque chose chez lui éveillait sa curiosité, un mystère qu'elle n'arrivait pas tout à fait à déchiffrer. Sa façon de se tenir, son regard qui semblait receler des histoires non dites, la faisaient se demander ce qui l'avait amené à sa pension.

Quand Miriam l'avait vu pour la première fois, quelque chose en elle s'était agité, une lueur de quelque chose qu'elle n'avait pas ressenti depuis des années, si jamais. Il y avait une chaleur indéniable qui osait remonter le long de sa colonne vertébrale, faisant accélérer son pouls. Elle l'étouffa, enterrant cette sensation fugace sous des couches de pragmatisme et le poids de ses responsabilités.

Il n'y avait pas de place pour des désirs insensés dans sa vie soigneusement construite, pas de temps pour entretenir des notions d'un homme qui pouvait tout aussi bien être un étranger de passage. Pourtant, alors qu'elle croisait fermement les bras, essayant de se calmer, elle savait qu'il n'était pas comme les autres qu'elle avait rencontrés auparavant.

Les hommes blancs avaient toujours été des symboles de danger, de contrôle et de perte dans son monde. Ressentir ne serait-ce qu'un murmure d'attirance envers lui était téméraire, une indulgence qu'elle ne pouvait pas se permettre dans une vie si précairement construite sur la survie et la discrétion.

Elle croisa fermement les bras, son expression froide, comme si cela pouvait étouffer le feu qu'il avait involontairement allumé en elle. Elle devait se concentrer sur la maison, les invités, le registre, mais quoi qu'elle fasse, ses pensées revenaient sans cesse vers lui, importunes et malvenues.

Quand la maison serait à nouveau silencieuse, quand la dernière lueur du jour aurait disparu du ciel, elle ferait sa ronde. Elle vérifierait la cave, s'assurerait que tout était en ordre. L'homme à l'étage pourrait être un problème, mais Miriam avait survécu à suffisamment d'épreuves dans sa vie pour savoir comment gérer les difficultés.

Elle le devait. Il y avait trop de vies qui en dépendaient.

Sage Dearly est un auteur émergent de romances qui couvrent toute la gamme, du pur au cochon. Tous ses courts métrages historiques sont légers sur l'histoire.

Elle rêve d'écrire depuis qu'elle est petite lorsqu'elle tombe par hasard sur des livres sexuellement explicites dans une librairie.

Milton Keynes UK
Ingram Content Group UK Ltd.
UKHW030148051224
452010UK00001B/41

9 798230 825401